R. P. G.

ロール・プレーイング(Role-playing)

実際の場面を想定し、さまざまな役割を演じさせて、問題の解決法を会得させる学習法。役割実演法。

名前：カズミ　10／08　20：15
タイトル：ショック！
成績が下がっちゃいました。自分ではチョーがんばったつもりだったから、返ってきたテストを見てビックリ！　呼び出しくらっちゃったよ。なんか、おかしくない？　だってカズミはそんなさぼってなんかいないんだよ。もっとさぼって遊んでばっかりいるコがいっぱいいるのに、なんであたしばっかり成績下がって、ヘンじゃない。お父さんは真面目にやってればいつかはいい結果が出るって言ってたけど、そんなのやっぱりウソじゃない？　なんかすっごくムシャクシャして、寝らんないです。

名前：お父さん　10／08　23：38
タイトル：元気を出して
カズミが今度のテストの前に頑張っていたことは、お父さんもよくわかっている。結果が良くなくて残念だった。でも、真面目にやればいつかは良い結果が出るというのは、けしてウソじゃないよ。カズミの目にはさぼっているように見える同級生も、他人の目には見えないところで頑張っているのかもしれない。そう考えてみることはできないか。何より、自分がどうしているかということじゃなく、他人と比べてどうかということばかりを考えるのは、お父さんは間違っていると思う。
呼び出しをくらったというのは、担任の先生に？　そろそろ進路相談もあるだろうし、三者面談ということなら、できればお父さんが行きたいと思う。詳しいことを教えて下さい。あまりがっかりしないように。

1

軽いノックの後、会議室のドアが開いた。武上悦郎《たけがみえつろう》は立ち上がった。パイプ椅子が床をこすって軋んだ音をたてた。

「お久しぶりでございます」

武上が声をかけるよりも先に、石津《いしづ》ちか子はそう言って、ドアのそばで丁寧に頭をさげた。しかし、顔をあげたときにはもう笑っていた。堅苦しい雰囲気は、まったくなかった。

「十五年ぶりになりますか」

長い机を回って彼女の方に近づきながら、武上も笑顔で応じた。武上につられるように椅子から立ち上がった徳永《とくなが》は、その場で興味深そうに様子を見ている。

徳永とは対照的に、ちか子と一緒に会議室に入ってきた若い婦警は、きりっと姿勢を正して一歩後ろに下がった。緊張している。

「昨夜《ゆうべ》、古い日記をひっくり返してみたら、ご一緒したのは十五年と八ヵ月前のことでした」

ちか子はふっくらとした頬を緩めて、武上に右手を差し出した。二人は握手した。

「本当に昔のことになるんですね。でも武上さんはご活躍で何よりです。ご家族の皆様もお変わりありませんか？」

「おかげさまで元気にしています。家内があなたにくれぐれもよろしくと」

ちか子は嬉しそうだった。「奥様に教えていただいたジャガイモ入りのオムレツは、今でも我が家の人気料理ですよ」

生真面目な婦警の顔にも、ちらりと笑みが浮かんだ。ちか子は彼女を武上に紹介した。

「杉並署警邏《けいら》課の淵上《ふちがみ》美紀恵《きえ》巡査です」

淵上巡査は踵《かかと》を鳴らして敬礼した。

「淵上です。よろしくご指導をお願い申しあげます」

長身である。一七〇センチ近くあるだろう。引き締まった身体つきは運動選手のようだ。

「事件の後、所田《ところだ》家周辺のパトロールを強化した際に手伝ってもらいました。わたしと一緒に泊まり込んだこともあって、一美《かずみ》さんとはよく話もしています。一時は登下校の送り迎えもしたんでしたね？」

ちか子の問いに、淵上巡査はきびきびと答えた。「はい。数日のことですが」

「よろしく頼みます」武上はうなずいた。

「今日は知った顔のあった方が、一美さんにとってもいいだろうから」

「はい！」

機敏に返答をしつつも、武上の丁寧な口調が意外だったのだろう、思わずという感じで淵上巡査ははにかんだ。武上には彼女と同年代ぐらいの娘がいるが、これがおよそはにかむなどということとは無縁の娘なので、巡査の初々しさが心地よく感じられた。

「下島《しもじま》課長は？」

徳永も交えて、一同は会議室の椅子に落ち着いた。武上の問いに、ちか子が答えた。

「今、署長室です。葛西管理官からお電話だそうで」ちか子はちょっと首をすくめた。

「念押しですか」

「そうですね。でも、葛西管理官は最初から寛大な感じでしたから、心配する必要はないんですよ。むしろ立川《たちかわ》署長が神経質になっておられるようで」

「無理もないですって」徳永が口を開いて、いかにも面白そうにくっくと笑った。「こんなの前代未聞ですからね」

「そういうあなたは、けっこう乗り気だったじゃありませんか」

ちか子は気を悪くした様子もなく切り返した。徳永との付き合いはこの数日のものだろうが、すっかりうち解けた様子だ。十五年と八ヵ月のあいだに、おそろしくいろいろなことがあったであろうにもかかわらず、ちか子の人柄は、若いころとほとんど変わっていないのだと、武上は思った。そういえば、本庁の放火捜査班にいたころの彼女の通称は、〝おっかさん〟だったそうではないか。

「まあ、面白そうですから」まだ笑いながらそう言って、徳永は首をすくめた。「という言い方は不謹慎だな。失礼しました」

ちか子が微笑した。「ところで、外で待機の方とは――」

武上は素早く応じた。「連絡しました。もう配置についてますよ」

「武上さんの班の方だそうですね」

「鳥居といいます。真面目な男ですから、信用してもらって大丈夫です」

会議室の内線電話が鳴った。淵上巡査がさっと立ち上がり、受話器をとって応答した。すぐにこちらを見て、

「下島課長が、署長室に来ていただきたいとのことです」

「じゃ、行きますか」両手でぽんと膝を叩いて、武上は腰をあげた。「興行主へのご挨拶ですな」

これもまた不謹慎な発言だったが、武上はわざと言ったのだった。それは皆にも通じていた。気楽そうにふるまっていても、実は誰もが身構えていることは、よくわかっていた。

2

今から二十二日前、四月二十七日夜のことである。

杉並区新倉《にいくら》町三丁目の住宅地の一角で、複数の人間が喧嘩をしているらしい、女性の悲鳴のような声も聞こえたという通報が、同区山埜《やまの》町二丁目にある新山《にいやま》交番に寄せられた。これは一一〇番通報ではなく、直《じか》に新山交番の電話番号にかけられたものだった。

通報者は山埜町一丁目に住む深田《ふかだ》富子《とみこ》、五十二歳。その通話で自らの住所と氏名を名乗っている。富子は山埜町会婦人部の代表であり、日頃から防犯活動などを通して地元の交番勤務の巡査たちとは交流があった。このとき電話に応対した佐橋《さはし》一成《かずなり》巡査長（五十五歳）も彼女と面識があり、その人物にも信頼を置いていたので、通報を受けると即座に自転車で臨場した。

山埜町と新倉町は東西に並んで隣接している。それだから、六年前、新しい交番がここに設置されたときも、ふたつの町から一字ずつ名前を取って新山交番と命名されたのだ。

特に山埜町一丁目と新倉三丁目は、かつてこのあたりが耕作地であったころの名残を留める、幅一メートル足らずの用水路を挟んだだけで、きわめて近距離に隣り合っている。

深田富子の家はこの用水路に面して立ち、通報のなかで彼女は、人が言い争うような声を聞いたという場所は、用水路のすぐ向こう側、三棟の建て売り住宅が建築中のあたりだと説明したので、佐橋巡査長はそちらを目指した。新山交番から現場に行くには、山埜一丁目側から行くので、巡査長は途中で深田家の脇を通る。玄関先には富子がいて、巡査長の自転車が近づいてゆくと、手にした懐中電灯を振った。巡査長はいったん自転車を停《と》め、彼女に、家のなかに戻るように言った。

深田富子は懐中電灯を持った手で、

「あそこ、あそこ」と、ブルーのビニールシートで覆われた建築中の住宅を指し示した。目と鼻の先である。

「うるさい声がしたんで窓からのぞいたら、女の人の叫び声がして、それからシートがめくれて誰か出てきたのよ」

深田富子はかなり興奮しており、不安気な様子だったので、佐橋巡査長は重ねて彼女に家のなかにいるように指示した。そして自転車で用水路にかかるコンクリートの橋を渡り、ビニールシートのすぐそばまで行って、地面に降りた。

山埜町も新倉町も住宅地であり、都内のどの住宅地とも双子のようによく似た歴史の新しい町並みが、立ち並ぶ家々によってつくりあげられている。しかし一方で、古い歴史を持ついわゆる〝豪農〟の地主がつい最近まで健在で、彼らが盛んに近郊農業を振興し、そのために農地が切り売りされて住宅地に転用される度合いが、都区内の他の地域に比べて少なかったという要素もあった。

それはけっして、その土地にとっては不幸なことではなかったが、さすがに一九九〇年代も半ばになると、代替わりにより累積する相続税に堪えかねて土地を手放す地主たちが増えてきた。それらの土地にデベロッパーや中小の住宅業者が進出し、前者は大規模な集合住宅を建てて売りに出し、後者はゲリラ的に少数の建て売り住宅をつくって「都内の一戸建て」を売り物に宣伝する。

俯瞰すれば、山埜・新倉地区は、長い間、緑色の大きな断片である農地と、とりどりの屋根や外壁の色が点描画のように寄り集まって構成された小さな断片である住宅地とで、都内では珍しい色地図を形成していたのだ。今やその緑色の大きな断片がひとつ、またひとつと取り除かれ、小さな断片がそこにとって代わろうとしている。しかし、昔日の面影がないほど落ち込んだ景気の影響で、新しく入れ替わろうとしている小さな断片は、古くからある断片ほどには、色の点が密集していない。少し寂しいほどに、点と点のあいだがスカスカだ。

青いビニールシートに覆われた問題の三棟も、そうした小さな点である建築中物件のひとつで、施工主兼売主は「山田工務店」という会社である。価格設定は高めだが、良質な住宅を建てる業者として知られている。シートに印刷された大きなロゴは、小枝で巣作りをする黄色い小鳥をかたどったものだ。

自転車を降りて懐中電灯を照らすと、佐橋巡査長の目に、最初にこの小鳥が飛び込んできた。巣をかけるのだから野鳥のはずなのだが、イラストはどう見てもカナリアである。野鳥観察が趣味の佐橋巡査長は、パトロールでここを通りかかるたびに、これが気になって仕方がなかった。このときもすぐそれを考えたと、後になって同僚に話している。大事に直面したときほど、人間というのはそういう些細なことを覚えているものだ、と。

建築中の三棟は、昔で言うならちょうど建前が終わったばかりというほどの出来具合であった。仮屋根はかかっていない。建て売り住宅で多く使われるツーバイフォー工法では、ほとんどの場合仮屋根を付けないのだ。だから雨風から土台や柱を守るため、シートでしっかり覆うことが肝心なのだが、この点でも山田工務店はそつがなく、一見してビニールシートには乱れた場所など見当たらなかった。

ちょうど三年前、山田工務店に売却されるまで、ここは江口家という農家の地所だった。農地としては狭く、三〇〇坪足らずしかない。そのせいか、自分のところでは平成に入って早々に農業をやめ、家も転居していたが、土地は手放さず、一坪菜園として貸しに出していたものだ。佐橋巡査長は新山交番が設置されるのとほとんど同時に配属されてきたので、ここが賃貸しの菜園だったころのこともよく知っている。形は悪いが美味しそうなトマトやナスがたわわになっている畝《うね》もあれば、借り手がまだ新米なのか、何を植えてもすぐにしおしおになってしまう一坪もあった。

しかし今は、約三〇〇坪の半分以上が更地である。建築中の三棟は、板チョコレートのような長方形の敷地の南西部分の一角、ちょうど四分の一のスペースに、ぴょこんと並んで立っている。

深田富子が何を見聞きしたにしろ、今は何の物音もせず、人影もない。佐橋巡査長は土を踏みながら、三棟のまわりをぐるりと回り、懐中電灯で照らしていった。左端の一軒、異状なし。真ん中、異状なし。右端の一軒。これも変わったところは見当たらない。

ぐるりと懐中電灯を回して、佐橋巡査長はまたロゴの黄色い小鳥を照らした。何気なく光を左から右に動かして、そのとき気づいた。

黄色い小鳥の羽根の先に、何か滴のようなものが飛び散っている。

巡査長はシートに近づき、顔をくっつけるようにして、よくよく見た。

滴のようなものはひとつではなかった。複数ある。黒っぽく、まだ濡れている。

血痕だと、巡査長は思った。

その時点までは、シートをめくってなかへ踏み込んでみる気持ちにはなっていなかった。深田富子は「なかから誰か出てきた」と言っていたが、今は人の気配もない。警察官といえども、建築中の物件にむやみに立ち入れば、業者とのあいだに厄介事が起こる可能性もある。できれば避けたいところだった。

が、もうそんなことを言ってはいられない。思い切ってシートをめくろうとしたが、堅く留めつけられていて、裾のところを五〇センチばかり持ち上げるのが精一杯だ。これも保安のためなのだろう。巡査長は身を屈め、土管をくぐるような感じでシートの内側に入り込んだ。

探すまでもなかった。彼は巡査長の目の前に転がっていた。背広姿で、身体は半ばよじれ、腕は小さく縮めて顔のあたりに、足は無様に投げ出されている。横向きになった顔のすぐそばに、男持ちの革鞄が落ちていた。

本来ならば建築中の家のなかいっぱいに立ちこめているはずの建材の臭いを圧して、あたりには血の臭いが満ちていた。

反射的に警棒に手をやり、佐橋巡査長は腕時計を見た。蛍光に光る針が、午後十時二十九分をさしていた。

周囲を照らしてみると、遺体の二メートルほど下手の方で、懐中電灯の光が、何かにきらりと反射した。巡査長は慎重に近づき、地面を照らした。そこに刃渡り二〇センチほどのナイフが落ちていた。刃だけでなく、柄の部分まで血に染まっている。それだけ確認すると、巡査長はビニールシートから外に出て、無線を取りあげた。

その後、鞄の中身など被害者の所持品により、身元はすぐに判明した。所田良介《ところだりょうすけ》、四十八歳。都内にある食品会社㈱オリオンフーズ本社営業第二部顧客管理課課長。事件現場から徒歩で十分足らずの新倉二丁目の一角に自宅があり、妻の春恵《はるえ》（四十二歳）と娘の一美《かずみ》（十六歳）の三人家族である。

これもまた些末なことだがと、佐橋巡査長は後に語っている。このあたりは、夜になると本当に静かな場所だ。だからあの時、自分が無線で呼んだパトカーのサイレンは、きっと新倉二丁目にいる被害者の妻子の耳にも聞こえたことだろう。何ということもなく聞き逃されたかもしれないが、耳には届いたことだろう。それを思うとたまらなくなる、と。

3

「顔合わせは済んだようだね」

下島課長は滑らかな口調でそう言うと、一同の顔を均等に見回した。そして武上に、

「ナカさんの様子は聞いているかい？」と問いかけた。小作りに整った男前で、若いころにはは相当モテたであろうその顔に、口先だけではない憂慮の色が浮かんでいる。

「変わりはないようです。容態に変化がないということを、喜んだ方がいいでしょう」

武上の返事に、下島課長は短く数回うなずいた。「捜査本部のなかで部下を亡くすようなことにはしたくないからね」

「お察しします」

署長室はさほど広くないが、きれいに整頓されており、署長の机の上はもちろん、来客用のソファの肘かけにさえ埃のひとかけらも見当たらない。東向きに開けた窓のガラスも、壁を飾る各種の表彰状を収めた額も、みんなピカピカだ。立川署長はきれい好きなのだろう。署長の机のすぐ後ろに麗々しく飾られている日章旗のてっぺんにとりつけられた金色の珠。あれも、部下に命じて毎日磨かせているに違いない。

「それにしても、こんな前例のないことを、よく管理官が許可してくださったものです」

立川署長は、武上の見るところ、緊張しているというよりは怯えていると言った方がいいくらいだった。目が落ち着かないし、爪先もそわそわしている。

「前例がないわけではありませんよ」下島課長が穏やかに訂正した。「けっして横紙破りのやり方ではない。それに、万にひとつ上手くいかなかったとしても、我々が失うのはこの午後の時間ぐらいのものです」

「そうですかな……」

「そうです。未成年者が関わっている事案ですから、正面突破の方がむしろ危険なくらいです」

強気の指揮官と、弱気な責任者。そんな言葉が頭に浮かんだ。二人のやりとりを聞きながら、武上は心の内でゆるゆると微笑した。

――ナカさんにも、これを見せたかったな。楽しみにしていたろうに。

病院の集中治療室に横たわりながら、この場の夢でも見ているかもしれない。

――本当に残念だよ。すまんけどガミさん、俺に代わってしっかり頼むわ。

そんな声が聞こえてきそうな気がした。

下島規義《しもじまのりよし》警部は武上より四歳年下だが、警視庁捜査一課三係の長《ちょう》である。ここでいう「係」とは、一般の組織にあてはめるならば、「班」というくらいの意味合いだ。武上は四係の所属である。だから、日頃は、隣班の班長である下島警部とは、直接的な上下関係はない。しかも武上はデスク担当だから、今回のように面通しや取り調べの現場に立ち会うのは、実に久しぶりのことだった。

デスク担当というのは、いわば〝書類屋〟である。メインの仕事は、捜査本部内で必要とされる公文書の制作を一手に引き受けることだが、各種調書や写真・地図の類のファイルも作るし、録音録画媒体に記録された情報の管理も受け持つ。後方支援部隊として、ひとつの捜査本部には必ずひとつ設けられるポストだし、裏方ではあるが、役割は軽くない。

捜査本部は、警視庁捜査一課のひとつの班と、事件の発生した地域を管轄している所轄警察署の刑事課捜査係との混成チームである。たいていの場合、所轄警察署には本部設置事案となる殺人や強盗、誘拐などの凶悪犯罪捜査につきまとう大量の書類仕事に精通している刑事などまずいないものだから、デスク担当を切り回す責任者は、警視庁の側から出すことになる。しかし誰でもいいというわけではない。公文書の制作や提出は、お役所仕事中のお役所仕事だから、馴れない者にはなかなか難しいのだ。自然、馴れた者が専任にされてしまう。いや、専任に「される」と卑屈に受け止めるか、専任に「なる」という気概を持つかどうかは、本人次第だが。

警視庁捜査一課には七つの係があり、ひとつの係に一人デスク担当の専門家がいるので、都合七人いることになる。武上もその一人で、年齢とキャリアでは上から二番目だ。

杉並区新倉三丁目の建築中の建て売り住宅内部で発生したこの殺人事件は、もともと、下島警部率いる三係の担当であった。そしてこの三係のデスク担当は、七人のうち年齢でもキャリアでもいちばん上にいる中本房夫《なかもとふさお》巡査部長である。デスク担当ひと筋三十年というベテランで、武上にとっても、尊敬すべき親しい先輩であり、飲み友達でもあった。

さて、新倉三丁目の事件が発生する三日前、四月二十四日の午後九時過ぎに、渋谷区松《まつ》前《まえ》町のカラオケボックス「ジュエル」で、同店アルバイトの今井直子《いまいなおこ》という二十一歳の女子大生が何者かに絞殺されるという事件が発生し、武上の所属する四係は、この件の担当となった。このころ、中本のいる三係は待機中で（だからこそ、後に発生した新倉町の事件を担当することになったのだが）、手が空《あ》いているからと、武上が渋谷南署に設置された捜査本部内のデスク班を立ち上げるのを手伝ってくれた。ただしこれはただの助っ人ではなく、ひとつの運動であった。

ちょうどこのころ、武上と中本の二人で相談して、精度の高いスキャナーの導入を、上層部に掛け合おうとしていたのである。警視庁に限らず警察組織はどこでもそうだが、慢性的に予算が足りない。パソコン一台でも新規に買ってもらおうと思ったら大騒ぎだ。そのなかで、デスク現場の仕事にはとんと疎《うと》いお偉方に、スキャナーがあればどれだけ仕事が早く、正確にこなせるようになるのか納得してもらい、財布の紐を緩ませるのは、象に炊飯器を売りつけるよりも難しい。機材によって人的負担を軽減するということを、ほとんど罪悪のように考えているお方たちばかりだからである。

そこで中本は、武上が立ち上げた本部内のデスク班の仕事ぶりを観察した具体的な報告書を作成すれば、

「そもそもスキャナーとは何だ？」

というところから理解させなくてはならないお偉方にこの請願を聞いてもらうために、少しは役立つだろうと考えたのである。

「自分が仕切っている事件じゃ、とてもじゃないがそんな報告書なんぞ書いていられないからね。書いたとしても、どうせてめえの都合のいいように適当にでっちあげてるんだろうと言われるのがオチだろうし。だから、こりゃ絶好のチャンスだ。邪魔にならないようにするから、よろしく頼むよ」

武上としても否はなかった。ところがそうこうしているうちに新倉町の事件が起こり、中本はそちらに行ってしまったのだ。

それでもスキャナーの件があるから、二人のデスク担当は、忙しいなかでも頻繁に情報を交換していた。二人とも捜査には直接タッチしないので、その進展状況や、事件の様相に関する意見は言わない。ただ、武上の方の事件には長引きそうな嫌な感触があった。中本の方は、こっちは解決が早そうだと踏んでいた。当然のことながら、当時は、それぞれ

まったく別々の事件を扱っていると考えていたのである。

ところが、新倉町の事件が起こって二日後、「ジュエル」での事件の五日後に、この二つの事件の関連性を匂わせる証拠が、それもひとつではなく、複数発見されたのであった。ひとつは、被害者の衣服に残されていた微量の繊維だった。材質はありふれた化繊だが、色が珍しかったのだ。国内を始め、中国・台湾・韓国など亜細亜《アジア》圏では製造されていないタイプの染料で青く染められていた。詳しい分析により、カナダのオタワに本社を置く化学染料会社が、一九九八年末から一九九九年の三月まで、ごく短期間製造したものであることがわかった。なぜそんな期間限定だったかと言えば、同じくオタワにある衣料品会社から、特に発注を受けたからだった。

この衣料品会社では、この染料で染めたスカイブルーの化学繊維を使って、二種類の衣類を作った。ベストとパーカである。これは同社の人気定番商品だが、この色合いのものを特に「ミレニアム・ブルー」と命名して、点数も各二百点ずつしか製造せず、商品名どおり、一九九九年のクリスマス向け商品として出荷して、その大半は売り切ってしまった。少数だから、日本には、個人輸入を除いては入ってきていない。ただ、人気タレントがクリスマス・イブの特別番組のなかで着用したことがあって、特に若者のあいだでは、この「ミレニアム・ブルー」のことはよく知られていた。

この珍しい衣類の繊維が、渋谷で殺された今井直子の遺体にも、杉並の新倉町で殺された所田良介の遺体にも付着していたというのだ。量としてはごく微量なので、おそらくは、どちらのケースでも、犯人が犯行時この衣類を身に着けており、被害者ともみ合った際に、付着したのだと考えられる。カナダで作られた衣類だというのだから、武上は当初、ベストもパーカも、登山に使われるような防寒効果の高いタイプのものを想像していたのだが、現物はそういうものではなく、街着であった。四月下旬とはいえ、陽が落ちれば気温は下がる。犯人がこれらのものを着ていたとしても不自然ではない。

さらにもうひとつ、物証が重なる。今井直子の殺害現場は、カラオケボックス「ジュエル」内といっても、個室のなかではなく、「ジュエル」がテナントとして入っている雑居ビル四階フロアの非常階段だった。八階建てのビルの一階が飲食店、二、三、四階が「ジュエル」で、カラオケボックスの受付は二階にある。カラオケを楽しみに来るお客は非常階段を使うことはないが、従業員はたまに往来するし、また階段室を仕切るドアは特に鎖《さ》錠《じょう》されているわけではないので、その気になれば誰でも入り込むことができる場所である。またそうでなければ非常階段の用をなさない。

さて事件当時、「ジュエル」四階のすぐ上の階で内装工事が行われており、その作業員もこの非常階段を通っていた。なにしろ雑居ビルなので、営業時間中に彼らがエレベーターを使うことを、他のテナントが嫌ったからである。

この内装工事で使用されていた白ペンキが、非常階段のあちこちに、かなりの量、滴り落ちていた。汚損を防ぐシート張りはしてあったのだが、それも不完全なものだった。ところによっては、ペンキ缶の底の形がはっきりわかるような染みも残っている。

このペンキを、今井直子を殺害した犯人の靴が踏みつけていた。踵の弧になっている部分の足跡が、ペンキを踏んでくっきりと残されていたのである。非常階段の床はリノリウム張りなので、残念ながら靴底全体の痕跡は残らず、サイズまではわからないのだが、それでもペンキを踏んでいることに疑いはない。

その白ペンキが、微量ながら、新倉町の所田良介の遺体の脇の地面からも検出されたのであった。

同じメーカーの白ペンキは、この建築現場では使われていなかった。また、所田良介自身が履いていた靴底にも、この白ペンキは付着していなかった。

この段階ですでに、武上は中本と、結局は合同捜査本部で顔を合わせることになりそうだと話し合った。所帯の小さい杉並署の本部が、そっちに引っ越すことになるだろうと中本は言った。

まだ上層部がそれを検討しているころ、さらに後押しをするような事実が浮上した。今井直子は三年前、都内の私立桜田女子学院という女子校の二年生だったころ、所田良介が勤めていた株式会社オリオンフーズ本社で、食品モニターのアルバイトをしたことがあったのだ。さらに、当時この女子高生モニターを募集したサプリメント食品開発本部の宣伝チームに、所田は籍を置いていた。二人の被害者に、面識があった可能性が出てきたことになる。

ただ、所田の上司や同僚たちは、今井直子の名前を記憶していなかった。そう言われてやっと思い出したというくらいで、写真を見せてもピンとくる様子もない。

「なにしろ、たった十人の募集に、女子高生が八十人から百人も押しかけてきたんですよ。一応、学生証を見せてもらって記録は作りましたけど、一人一人の名前と顔なんて覚えていないです」

確かに、二十歳前後は女性がいちばん変貌する時期である。アルバイト雇用の記録がなければ、この線での二人のつながりは、容易には判明しないところだった。

結局、新倉町の所田良介の事件が起こってから七日後に、ふたつの捜査本部は統合されることになった。中本の予想どおり、杉並署の本部の方が、渋谷南署へ引っ越してきた。

合同捜査本部になると、人員構成も変化する。現場での陣頭指揮は、武上のいる四係の神谷警部が一歩引いて、引っ越してきた側の、三係の下島警部が執ることになった。四係の方が彼らを呼びつけた格好になった分、顔を立てたというところだろう。こういうとき、妙にメンツにこだわったりしないところは、いかにも神谷警部らしいと武上は思う。スキャナーに関する上中を腹に秘めながら、中本と武上は黙々とデスク仕事をこなしていった。この際だから現場でいろいろと試してみたいこともあったので、二人で気を合わせて働いた。

事件の解決を、まるで聖書のなかにあるエピソードのように、あるとき突然すべての謎が解け、混沌の海がふたつに割れて一筋の道が見えてくる――というふうに喩える人は多い。が、実際はそんなものではないと武上は思う。事件を解決できないことを称して「お宮入り」というのは伊達ではなく、未解決の事件は本当に迷宮みたいなものなのである。地図はないが、そこには複数のアリアドネがいて、複数の糸を渡してくれる。だが、歩いて確かめてみないことには、どのアリアドネが正しい出口への導き手であるか、まったくわからない。結局、くまなく歩き回るしかないのだ。仮に誰かが悩める捜査本部の刑事たちに、迷宮をまっぷたつに割ることのできるモーゼの杖を渡してくれたとしても、彼らはそれを疲れた足を休めるときに使うだけで、やっぱり歩き回ることをやめないだろう。迷宮を壊して出口を作ったのでは、どれが本来の出口なのか、かえってわからなくなってしまうだけなのだから。

所田良介と今井直子のあいだには、個人的なつながりはなかったのか。肝心要のその疑問について、捜査本部では、当初から精力的に捜査を行った。

二人をつなぐきっかけとなった、三年前に女子高生時代の今井直子が採用されたアルバイトも、当時オリオンフーズが売り出していたサプリメント食品のモニターと、食生活に関するアンケートに答えるというもので、期間こそ三ヵ月程度あったものの、ほとんどは書面のやりとりと電話で済んでしまう内容だった。だから、オリオンフーズの担当者とアルバイトの女子高生たちが顔をあわせたのは、最初の説明会のとき一度だけだったという。また所田良介は、その企画のまとめ役の立場にいたので、直に女子高生たちとモニター報告のやりとりをすることもなかった。それには数人の担当者が別にいて、全員、女性社員だった。

ただ、今井直子のモニター報告を受け取っていた担当の女性は、彼女のことをよく覚えていた。明るく活発で非常におしゃべりで、報告のやりとりが終わってもなかなか電話を切らず、面白いこともあったが、少々閉口した記憶もあるから――というのだ。

その女性社員は、自身も三年前のその時点では新入社員で、いきなり宣伝チームに配属され、右も左もわからずに、ずいぶん苦労したのだという。相手は女子高生なので、年齢が近いということは救いだったけれど、こちらがそういう気持ちで敷居を低くしていたので、時には彼女たちにワガママを言われたり、モニター報告の締切を破られたりして悔しい思いもしたと、聞き込みにあたった刑事に語っている。

「今井さんはそういうワガママ娘ではなかったですけど、ファッションの話とか化粧品のこととか、いろいろ話したがりました。新米OLの生活にも興味があったみたいです。給料はいくらぐらいなのかと訊かれたこともありましたよ。自分も大学を出たら、できるだけ大手の企業に就職したいんだって」

何か具体的にやりたい仕事があるのかと尋ねたら、

「お給料がよくて、カッコよくて将来性のある男性社員がいっぱいいるところならどこでもいいんだというような返事でしたね。笑っちゃいましたけど、まあ、すごく正直でわかりやすい娘《こ》でした」

そして彼女は、捜査陣にとっては気になることを、ちらりと口にした。

「オリオンフーズは食品会社としては大手ではありませんけれど、知名度はあります。ですから今井さんも心が動いたんでしょうし、モニターに応募したんでしょう。採用試験のこととか詳しく訊いてましたよ。それに、説明会の時に会った宣伝チームの人たちはステキだったということも、盛んに言ってました。合コンするときには呼んでくれ、とかね。こっちは聞き流していたんですけど、彼女は冗談で言ってるんじゃなくて、本当にチームの男性社員たちに興味を持っていたようでした。年上の男性が好きなんだ、頼りがいがあるから、なんてことも言ってね。援助交際というほどあからさまなことではなくても、気前のいい大人の彼氏を探してるという感じは受けましたね」

でも――と、念を押すように、

「それでも、彼女の口から直接的に所田課長の名前が出たことはありません。少なくとも、わたしの知っている限りでは、今井さんが所田課長と接触する機会はありませんでした。ですから、これはあくまでもわたしの印象でしかないですけど、あの宣伝チームのなかでは所田課長がチーフでしたし、課長がいちばん年長で、他のメンバーは女性も含めて若手ばっかりでしたから、あるいは今井さんがステキだと言うとき、彼女の頭には、所田課長のことがあったのかもしれません。それを所田課長が知っていたかどうかはわかりませんけれど」

ところが、もう一方の側である今井直子の友人たちのなかからは、彼女が、いっとき盛んに、

「年上の男性と付き合っている」

「実は不倫なんだ」

と言いふらしていた時期がある――という情報が出てきた。それは彼女が高校二年から

三年に進級したばかりのころで、オリオンフーズでモニターをしていた時期よりは半年ほど遅い。また、三年の夏休みごろには、その不倫相手の男性とはうまくいかなくなったということを言い出しており、すぐに別のボーイフレンドと交際を始めていたらしい。

きわめて今風のドライな恋愛観と、現実味を欠いた恋への憧れとをまぜこぜにして夢を見ていたらしい今井直子のその〝不倫相手〟というのが、所田良介だったのではないか。モニターの仕事を通して接触する機会はなかったとしても、彼女の側は彼に興味を持っていたのだから、たとえば町でばったり出会うとか、駅で見かけるなどの機会があれば、彼女の方から彼に接近することはできただろう。オリオンフーズ本社と今井直子が通っていた高校は距離的にもごく近く、最寄りの駅も一緒である。あり得ない話ではない。二人の被害者が密接な関係にあったのは確実だと踏んでよさそうだ——

そんなところに、一人のアリアドネが登場した。

彼女は未成年ではないのだが、捜査本部内では、一種の皮肉をこめて、今はまだ〝A子〟と呼ばれている。捜査現場での第一容疑者であることに間違いはないのだが、決め手になる物証が存在せず、なかなか公にすることのできない存在であるからだ。

A子は今井直子の大学のゼミの同級生である。一浪しているので、年齢は彼女よりも一歳上だ。真面目な学生で成績も良く、周囲の評判はけっして悪くない。実家が遠いので、仕送りを頼りの一人暮らし。そのせいか服装も地味、生活も質素と、今井直子とは対照的な女子大生である。

昔風な言い方をするならば、今井直子はA子の恋敵であった。今井直子の現在のボーイフレンドで、葬儀にも顔も見せており、捜査本部でも身元を確認していたある大学生が、以前はA子と交際していたというのである。彼女とは入学以来の付き合いで、周囲も公認の仲だったようだ。

そこへ今井直子が割り込んだ。彼氏を横取りしたわけだ。半年ほど前のことだという。当然、A子は傷つき怒った。どこにでもある出来事であり、誰の身の上にも一度や二度は起こる悲劇であるが、だからといってその悲しみや怒りが割引されることはない。三人のあいだでは、相当深刻なやりとりが何度も交わされたようで、またその様子は、周囲の大学生たちのあいだにも知れ渡っていた。

結局のところ、こういうことでは去られた側の負けである。負け試合にいつまでもこだわらず、自分の生活を取り戻すことに専心した方がいいのだが、なまじ真面目で純粋なA子には、ボーイフレンドの理不尽な心変わりが許せず、納得いかなかったのだろう。彼女は何度となくドンキホーテのような突進を繰り返し、その都度ボーイフレンドにはねつけられ、逃げられ、迷惑がられ、今井直子に嘲笑されるという結果を招いている。

今井直子の行状がよろしくないことも、A子にとっては癪のタネだったようである。所田良介という名前こそ特定されなかったものの、彼女が年長の既婚者と不倫関係を結んでいることは、風評として知られていた。本人が言いふらしていたのだから、当然である。A子にしてみれば、そんな不純な異性関係に平気で飛び込み、それを吹聴し、お洒落と男遊びばかりに夢中になって学生の本分を忘れている今井直子のような女に、どうしてこのわたしが負けるのかと、唖然《あぜん》としたことだろう。その気持ちは武上にも想像がつく。仮に自分が彼女の指導教授なんぞだったならば、世の中とはそういう不公平な場所なのだ、とりわけ男女関係については理屈は通用しないのだと、諭してやることだろう。

A子はまったく無防備に、今井直子を殺してやりたいだの、わたしを裏切った彼を一生許さないだの、何とかして償わせてやるだの、盛んに周囲の友人たちに訴えていた。それは本人も認めている。実際、今井直子が殺害された直後には、ゼミの学生たちは、犯人はA子ではないかと、しきりと噂をしていたそうである。本人も自身に疑いがかかっていることを承知しており、針の筵《むしろ》の状態であったようだ。

渋谷南署の捜査本部でも、彼女から詳しい事情聴取を行おうとしていた。ところが、その矢先に所田良介が殺され、ふたつの事件の関連性が見つかった。A子は確かに、今井直子に対して恋の恨みを抱いていた。が、所田良介は、A子にとっては無関係の人物ではないか。これをどう考えればいい？

その疑問に答えてくれたのは、意外なことにA子本人であった。合同捜査本部ができた翌日に、彼女は上京してきた母親に付き添われて本部を訪れ、進んで供述した（このとき、犯人出頭と勘違いして誤報を飛ばした新聞が数紙あって、中本はそれを嬉しそうに切り抜いていた。事件捜査に関するこの種の誤報をコレクションすることが、ナカさんの趣味なのである）。

A子は興奮した様子もなく、聴き取りにあたった刑事に、素直に語っている。

「実は、わたし——一度だけですけど、所田さんに会ったことがあるんです。今井さんと話し合うとき、その場に所田さんが同席したことがありました。彼女が連れてきたんです。こういうときには、大人がそばにいてくれた方がいいからとか言って」

正月明け、日曜日の午後のことだという。A子は几帳面に日記をつけており、時刻も場所も覚えていた。

「渋谷の駅の近くの喫茶店です。二時ごろから四時ぐらいまでいたと思います。ちょっとわかりにくい場所にあるお店なので、空《す》いていました。今井さんと所田さんが先に来ていて、わたしが後から行きました」

所田良介はA子に、自分は今井直子の知り合いで、兄のようなものだと自己紹介したそうである。

「今井さんと話し合うのは、それで四度めか五度めくらいでした。彼女とわたしと二人きりのこともあったし、彼が――いたこともあります。でも所田さんが来たのはそのときが初めてでした」

A子は、今井直子は所田良介に馴れ馴れしくふるまい、所田良介の方もそれを受け入れているようだった、と話している。

「今井さんは、所田さんと腕を組んだり、身体にベタベタ触ったりしていました。彼女にそんなことをさせながら、所田さんはわたしにお説教するんです。恋愛に破れたからといって相手を恨むのはおかしいとか、わたしがそんなふうに性格が暗くて思い詰めるからボーイフレンドは嫌になっちゃったんだとか、子供じみた真似はやめなさいとか。今井さんはずっとニヤニヤしていて、わたしはもう腹が立って腹が立って、気がヘンになりそうでした。だから、所田さんに言ってやったんです――

――あなたは今井さんの兄代わりだなんて言ってるけど、今井さんは今の彼の前に、あなたぐらいの年齢の男性と不倫していたことがあるんですよ、それを自慢にしてたんですよ、そういうことを知ってて言ってるんですか？」

すると今井直子は本格的に笑い出し、こう応じたそうである。

「あんた、何言ってンの？　知ってるも何も、所田さんがあたしの彼だったヒトよ。男と女の関係じゃなくなったけど、あたしたち今でも友達なの。だから所田さんはあたしの味方なのよ」

　呆れてものも言えない気持ちでした、とA子は言う。

「所田さんは、さすがに気まずそうな顔をしていました。わたしは、こんな人たちとはまともな話はできないと思って席を立ちました。今井さんは笑っているだけだったけど、所田さんはお店の外まで追いかけてきて――」

　申し訳ないと、謝ったという。

「直子はああいう娘だから、自分も困ってるんだって。ただ、ああいう娘だからこそ放っておけないって。あなたはもう関わらない方がいい、ただ、自分で何か力になれるなら、できることは何でもするから相談してくれって、名刺を出しました。わたしは受け取る気はなかったけど、手に押しつけられて。逃げ出すみたいに走って駅までいって、ホームで見てみたら、会社の名刺でした。オリオンフーズの……。裏に、メールアドレスと携帯電話の番号が書いてありました。わたしは……もう悔しいやら悲しいやらで……その日はそのまま帰ったんですが……いろいろ考えてしまって……」

　なぜこんな、あなたにとって不利になる話をわざわざしてくれたのか――という問いかけに、A子は答える。

「今井さんのことでは、わたしは自分が疑われてることはよくわかってましたし、疑われても仕方がないとも思ってました。でも、わたしは彼女を殺してない。絶対にやってない。犯人じゃないから、どんなに調べられたって平気でした。いつかは本当のことがわかるはずだって信じてたから。

でも、所田さんが殺されて、今井さんの事件とつながっていて、これは連続殺人じゃないかって騒がれ始めたとき、わたし、本当に怖くなりました。なんだか、誰かがわたしに罪を着せるために、わざとやってるんじゃないかって思いました。わたしが所田さんのことも知ってる――しかも、ああいう経緯で知ってるってことがわかったら、警察はますますわたしを疑うでしょうし、どんなに一生懸命無実を訴えて、殺してない、わたしは犯人じゃないって言っても、もう信じてもらえなくなるかもしれない。

だから、所田さんと会ったことがあるって、最初は黙っていようと思いました。黙っていれば誰にもわからないって。でも、毎日のように連続殺人だ連続殺人だって騒がれてるのを見ていて、たまらなくなっちゃったんです。あの喫茶店の店員とか、誰かがわたしと所田さんのことを覚えてるかもしれない。思い出して、警察に報《しら》せるかもしれない。そしたら、もう絶対に申し開きできなくなっちゃうでしょ？　逃げ場がなくなって、わたしは犯人に仕立て上げられてしまう。だから、自分から話そうって決めたんです。わたしは犯人じゃない、二人を殺していないんだから、後ろ暗いことなんか何もないんですから」

アパートで一人暮らしのA子には、どちらの犯行時刻のアリバイもない。部屋で一人でいました、電話もかかってきませんでしたというのでは、どうしようもない。反面、どちらの事件現場でも、A子に対する目撃証言は存在しないし、彼女が任意で提出してくれた履き物からは、例の白ペンキの痕跡を発見することはできなかった。家宅捜索令状がとれるほどの確たる論拠がないまま推移しているので、ブルーの繊維については調べることができずにいるが、事件の前に彼女がその色目《いろめ》の（非常に鮮やかな、記憶に残りやすい青色である）ベストやパーカを身につけていたという証言も出てこない。A子には時間的に近いところで北米への渡航歴もないし、彼女にミレニアム・ブルーの衣類を貸した、プレゼントしたという証言もない。物証は皆無で、あるのは心証だけなのである。

殺害手口についても、判断が微妙だ。今井直子は絞殺されているが、手で絞めたのではなく、背後からビニール紐のようなものを巻き付けられ、絞めあげられている。遺体のうなじのところで紐が交差した痕跡がはっきりと残っているのだ。また、遺体の背中、ちょうど右の貝殻骨の下のあたりに、拳骨ぐらいの大きさの丸い鬱血部分が見られた。これは独特の痕跡で、犯人が被害者をうつぶせにしてその背中に乗りかかり、膝をついて圧迫することで被害者を制圧した場合によく見られるものだ。この手口ならば、不意をうてば女性でも人ひとり絞め殺すことは可能である。スタイルを気にしてダイエットを繰り返し、全体にひ弱で筋力のなかった今井直子に比べ、A子は身長も高く、高校時代にはバレーボールの選手だったそうで腕力も強い（本人がそう認めている）から、充分にやってのけることができたろう。が、女性でもできるということは、男性ならばもっと容易だということであり、決め手にはならない。

所田良介の場合はもっと複雑だ。凶器は現場に捨てられていた刃渡り二〇センチの果物ナイフに間違いないのだが、非常にありふれたタイプの刃物なので出所は判明していない。A子のアパートには果物ナイフはなかった。それどころか包丁そのものを置いていないと本人は言っている。自炊してはいるが、包丁が必要な調理をしたことはないというのだ。

所田良介は全身二十四ヵ所を刺されていた。死因は出血性のショック死だが、どれが致命傷になってもおかしくないほどの深い傷は八ヵ所で、残りの十六ヵ所は肩口や脇腹、膝頭、臑《すね》など、ランダムに散っており、これらはどれもみな浅い傷だった。両腕と掌に残る防御創から推して、彼はまず立って犯人と向き合っているところを正面から刺され、ひるんで傷口をかばった隙に殺害者に突き倒されて地面に仰向けに倒れたものと思われる。それから何度も何度も刺された。このときも、おそらく犯人は所田良介に馬乗りになったものと思われる。二十四ヵ所の傷はすべて生活反応があるが、傷の角度やねじれ具合、ナイフの刃の側がどちらを向いているかなどの分析により、およそ半数の傷は、被害者が完全に意識を失い、抵抗を止めた状態になってからつけられたものだと考えられる。

正面から誰かを刺すというのは、かなりの勇気を必要とする行為である。あらかじめ凶器を用意していったとしても、その場になるとなかなか踏み切れるものではない。が、カッと頭に血がのぼったり、話し合いがこじれて感情的になったりして最初の一線を越えてしまうと、後はその興奮がまた興奮を呼び、何度も何度も刺してしまって、はっと気づいたときには被害者がずたずたになっていたなどということは、刺殺のケースでは決して珍しくない。またこのケースでは、腕力もさして問題にならない。火事場のなんとやらで、女の細腕でも包丁で男の肋骨を切断するほどの力を出すことがあるからだ。要は状況次第だということであり、ここでも犯人像の男女を選別することはできないわけである。

法医学的な検査により、二十四ヵ所の傷をつけたのは単一の人物ではなかったのではないかという所見も出ている。致命傷になった深い傷と、数は多いが浅い傷——そのなかにはかすり傷に毛が生えたような程度のものもある——そのふたつが同時に存在するのは、腕力や気力の違う人間がその場に複数存在して犯行に関わったからではないかというのだ。

初めてこの報告書をファイルするとき、武上は海外のある有名な推理小説を思い出して、中本にも話したものだ。

ただしこの所見には続きがある。深い傷には犯行の初期（つまり被害者が立っている状態で）につけられたものが混じっているが、浅い傷はすべて被害者が仰向けに倒れた状態になってからつけられたものであることを鑑《かんが》みると、これは単一の人物が、繰り返し被害者に刺傷を加える過程で息切れし、疲れて力が弱くなり、狙いが定まらなくなってきたのだと考えることもできるからである。そしてこれにもまた男女の差は考えにくい。

これらの事象に囲まれて、A子は第一容疑者として不安定に存在している。本当に不安定な疑惑だ。動機は充分だろう。単独犯行である場合、今井直子に関しては。しかし、所田良介に対してはいかがなものか。少なくとも今井殺害ですでに周囲の疑惑の目を感じていたはずのA子には、所田良介を殺害する強い動機はないのではないか。いや、そんなことはあるまい、たとえば、A子の証言に依るならば、彼女に対して過度におせっかいだった所田良介のことだから、今井直子殺害の疑惑を向けられているA子に何らかの形で連絡をとり、自分が相談に乗ろう、あなたが殺したなら自首した方がいいなどと持ちかけて新倉町の現場近くで対面し、A子の自尊心を致命的に逆撫でして、自身が殺害される羽目に陥ったという筋書きはどうだ。あり得る話ではないのか。

通報者の深田富子は、現場で女性の叫び声を聞いたと証言している。犯人が単数であれ複数であれ、そのなかには女性がいた。ではそれは誰だったのか。それをA子だと、完全に的を絞ってしまっていいのか。

とにかく欲しいのは物証だ。強力な目撃証言だ。これほどの動機を持つ人物を、今さら手放すわけにはいかない――そんな空気が合同捜査本部の核の部分を占めている。

だが、そんななかで、あるとき――新倉町の事件から、ちょうど二週間後のことだったと武上は覚えている――中本が、珍しく事件そのものに関する自分の意見を述べた。

武上は驚いた。中本がそんな自説を述べたこと自体も驚きだったが、それだけではない。同じその日に、本部内で、中本が言ったのとほとんど同じような意見を述べた若い刑事たちが数人、捜査会議で相手にされなくて、すっかり腐ってしまい、怒っているのを見かけたばかりだったからである。

彼らの意見は、A子犯人説をいったん捨てて、別の人間関係に視点をあててみてはどうかというものだった。A子が第一容疑者となるのは、今井直子の側から事件を掘っているからだ。所田良介の側から掘れば、まったく違う動機が見えてくる――

「ひょっとするとナカさんも、あいつらの愚痴を聞いたんじゃないのかね?」

中本は笑って、てっぺんの薄くなった頭を手で撫でた。「俺はガミさんと違って、若い連中の話なんか聞かないよ。だけどそうなのか、やっぱり同じようなことを考えてる奴らがいるんだな」

まんざらでもなさそうな顔だった。

「ってことは、俺の頭もまだちょっとは使い道があるってことだな？　つまりその——デスクとしてだけじゃなくてさ。いやもちろん、デスク仕事を軽んじて言ってるわけじゃないよ」

「ああ、よくわかってるよ」

武上はうなずいた。が、中本はそこで口をつぐんでしまった。気まずそうだった。彼の吐いた台詞よりも、あわてて言い足した後のそのバツの悪そうな表情の方が、ずっと正直であると武上は感じた。

ナカさんは、デスクの仕事に倦《う》んでいるのかもしれない——そう思った。これほどの、その道一筋のベテランであっても、仕事ぶりを高く評価され頼りにされていても、倦むときには倦むし疲れるときには疲れる。自分はどうだろうかと、ほんの十秒ばかりのあいだだったけれど、武上は胸に手をあてて考えた。

さらに数日が経ち、A子を囲む状況は変わらず、新たな発見もなく、露天掘りも見える範囲内は掘り尽くしたという感じで、捜査本部の雰囲気は重くなってきた。若手のグループが、また自説を持ち出してまた揉めた。

中本は考え込んでいた。妙にそわそわしていた。そして二人で昼飯のざる蕎麦をかきこんで一服しているときに、まるで今思いついたみたいに、

「らしくもないことだけども、俺も三十年ぶりに、デスク以外のこともしてみようかなぁ」と言い出した。

「意見書でも出すかい」

「そんな角張ったことはしないよ」と、笑って手を振り、「ちょっと下島さんと話してみるだけだよ」

三十年ぶりという言葉には、やはり重い響きがあった。それほど長い間、俺は裏方にいたんだなぁと、今さらのように本人が気がついたというような口調だった。

武上は、敢えて止めなかった。この前のことがあったから、中本の胸の内を察して口をつぐんでいたのだし、そう簡単にポジションが変わることはないだろうと、言葉は悪いがたかをくくっていたということもある。

が、意外なほど素早く、中本の意見は採用された。武上は大いに驚いた。

「実は、下島さんも同じようなことを考えてたんだけど、会議の雰囲気が否定的なんで、こりゃ自分で手榴弾のピンを抜かんとならんかなぁ、と思っとったんだとさ」

俺は飛んで火にいる夏の虫だね——と笑いつつも、中本は嬉しそうだった。

そこからは具体的な計画の相談が始まり、中本はデスクから離れた。武上はデスクを続けた。筋書きだけは教えてもらったが、なかなか周到にできていると思った。また、下島警部が指揮官として、中本の意見を採り入れて実行するこの計画は、

「あくまでも取り調べの一環として行うものだ」と言っていると聞いて、密かにちょっと笑った。予防線を張っとるわけだな。

この計画には女性刑事がいた方がいいので、急遽杉並署から一人呼び寄せるということになり、それが石津ちか子だと聞いて、武上はまた驚いた。今回は、よくよく意外なことばかりが続くものだ。

石津ちか子。懐かしい名前である。が、思い出にひたる前に、武上は顔をしかめずにはいられなかった。今の彼女の立場はかなり難しい。もう四年前のことになるが、本庁の放火捜査班にいたころ、不可解な展開をした大量連続殺人事件の捜査中、重大な命令違反があったというので、所轄に戻された立場である。いわば冷飯《ひやめし》食いだ。ヘンな形で一部に名が売れてしまったので、もうPRセンターに行かせることもできない。そうか彼女は杉並署にいたのか。

中本ももちろん、石津ちか子と彼女の〝行状〟についてよく知っている。声を潜め、手の甲を丸めて口にあてて囁いた。

「下島さんも、あれで案外腹が悪いからね。トラブルが起きたときには、彼女に責任をおっつけるつもりじゃないかね？」

半々というところだなと、武上は思った。

「それなら、ナカさんの方が危ないだろう」

「俺はいいんだよ。またデスクに戻るだけだから。どうせ、退官まであと何年もないんだしな」

「そういうものかな」

「そうだよ」

中本は一瞬、素早く通り過ぎてしまう何かをつかもうとでもするかのように、すっと目を細くした。そして言った。

「ここでもう一度前線に戻れるなら、ちょっとばかり危ない橋を渡ることになったって、俺は全然かまわないんだよ」

武上は黙ってうなずき返した。

ひょっとしたら、遠くない将来、自分も中本と同じように今のポジションに倦んで、もっと陽のあたるところに出たいと思うときが来るかもしれない。事件を解決したという手応えを直に感じたくて、たまらなくなるかもしれない。可能性としてはあり得ることだ。

そういう意味で、うなずいたのだ。

——それにしても。

中本はそれで気が済むにしても、石津ちか子のことは心配だ。自分は直に力になることのできる立場ではないが、注意深く見ていようと思った。

いやいや、悲観ばかりしたものではない。案外、中本と彼女の手柄になるかもしれない。中本についてはわからないが、ちか子はけっして無能な刑事ではない。それに、あの気質からして今回のような役回りにはぴったりだ。

こうしてお膳立てが整い、〝取り調べ〟の当日を待つばかりになったところで——

突然、中本が倒れた。

心筋梗塞の発作を起こしたのだ。これが初めてのことではなかったが、前回はごく軽く、胸苦しかったという程度で、入院も短くて済んでしまった。しかし今回は勝手が違った。署の階段をのぼっているところで昏倒し、意識不明のまま救急車で病院へ搬送されたのだ。それが一昨日の午後のことである。中本は今でも意識不明の重体で、集中治療室に横たわっている。

しかし、彼が提案し、計画を進めていたこの〝取り調べ〟は延期できない。下島課長が代理を務めるなど論外だ。それでは葛西管理官も承知しないだろう。

中本の役割を、誰が引き受けるのか。

下島警部が中本を使うことにしたのは、彼ならば、この〝取り調べ〟が失敗した場合でも、いろいろと言い訳がきくからだ。本部内で捜査の前線にいる者を使ったわけではないから、まずいことを伏せてしまうにも、手間がかからない。実際、この計画は、本部内のごく限られた範囲の人員にしか知らされていないのだ。大多数の者は気にもしていないはずである。

しかし、四係の神谷警部は、こういうことにはおそろしく敏感だ。武上の気性も知り抜いている。中本入院の騒ぎが一段落するとすぐに、本部のある訓示室の外の廊下に武上を呼ぶと、端的に質問した。

「ガミさん、代役に手をあげようとか思ってるんじゃないのか？」

武上は苦笑した。

「他に誰かいますかね？」

「石津ちか子にやらせたらいい。もともと参加が決まっていたんだから、脇役が主役になるだけだし、彼女なら、今さら失うものもないだろう」

本気で言ってるのかと武上が訝る間もなく、神谷警部は吹き出した。

「冗談だよ」

「だと思いました」武上も笑った。

「ナカさんはデスク仕事に飽きがきていたんだろうな。前線に出たくなったんだ」そのあたりも、警部は見抜いていた。「そうでなきゃ、意見を述べるだけにして、取り調べは他の誰かに頼んでいたろう。ガミさんだったらそうしたろ？」

「私はまだデスクに飽きていませんからね。興味深い仕事ですから」

神谷警部は冷やかしたりしなかった。うむ、とうなずいた。

「ガミさん、止めてもやるんだろ？」

「いえ。警部のご許可がなければやりません。私の本分は別のところにあります」

「止めないよ。やったらいい。許可する」

そしてさっさと廊下を歩き出しながら、肩越しに言った。「いいじゃないか、せいぜい半日で済むことで、上手く行けば大手柄だし、駄目でもたいした騒ぎにはならんだろ」

それからちょっと目を鋭くして、

「私としても、その線はあるという気がするしね」と付け足した。

「ありがとうございます」

武上は頭を下げた。訓示室に入って、下島警部の顔を探した。自分の申し出に、明らかに下島警部が安堵するのを見て、また中本の顔を思い浮かべた。これでよかったかな、ナカさん。

こうして、武上はここにいるのである。大急ぎの代役《スタンド・イン》。台詞は覚えているだろうか？

送信者：お母さん　宛先：ミノル
件名：新しい家のこと
新しい家のこと、お父さんから聞きましたか？　お父さんは書斎がほしいんですって。今の家は古い家を改築しただけのものだから、もうだいぶガタがきているのだそうです。
近所に建築中の良い物件があるんだけど、駅から遠くなるから、迷ってるんですってよ。不動産を買うときには、一度や二度見ただけじゃなくて、日にちを変えて、お天気も時間も違うときに、何度も何度も足を運んでみるのがコツなんだって。お父さん、会社の帰りにもそこへ通ってるらしいの。いいわねえ。今度、連れてってもらいたいんだけど、それって図々しいかしら ね？

4

「第二取調室を使います。ちょっと手狭なんですけどもね」

先に立って階段を降りながら、石津ちか子が言った。武上と徳永は、捜査資料を抱えてその後に続く。

「第一取調室の方は、窓が北と東向きなので午後は蔭ってしまって」

「それに、マジックミラーは第二の方が新しいそうですよ。先月取り替えたそうで」武上に並んで、徳永が言った。「被疑者が椅子を振り回して、粉々にしてくれちゃったとか。どんな事件だったんですかね」

ぐねぐねと折れ曲がった廊下の奥に、第二取調室はある。渋谷南署の建物はけっして古いわけではないのだが、全体に採光が悪いので薄暗い。突き当たりの非常口のドアの上の表示灯が、昼間だというのにくっきりと光って見える。

第二取調室前の廊下のベンチに、誰か大柄な男が座っている——と思ったら、四係の秋津信吾だった。武上と親しい若手の刑事である。こちらを見ると立ち上がり、ヘラヘラ笑った。右手に何か書類のようなものを筒に丸めて持っている。

「聞きましたよ。なんか面白そうなことをやるそうですね」

「本当に面白いかどうかは保証できんよ」

「またまた、冷たいなガミさん。よう、トクマツ」

呼びかけられて、徳永は露骨に嫌な顔をした。彼の名前は松男《まつお》というのだが、少々古風なその響きを、洒落者の本人はひどく嫌っている。秋津は承知の上でからかっているのである。

「あんたオリオンフーズへ行くんじゃなかったのか？　受付嬢が美人だとか言ってたじゃないか」と、徳永は言い返した。

「美人だけど俺のタイプじゃないんだ。小さいからさ。俺はスラッとしたのが好き。トクマツにはちょうどいいんじゃないか？　ウズラの卵で作ったお内裏様とお雛様みたいになってよ」

秋津は一八〇センチ以上の長身だが、徳永は一六五センチぐらいだ。これもまた洒落者としては気に病むところで、本人が気にしていることを言いたがるのは、秋津の悪い癖である。

武上はシッシと手を振って彼を追い払った。

「こんなところで油を売ってるんじゃない」

ちか子が笑いながら第二取調室の扉に手をかけた。秋津は愛想良く彼女に挨拶した。

「石津さんですよね？　ガミさんの子分の秋津です」

「おまえなんぞ子分にした覚えはないぞ。それともデスク担当に志願したいのか？」

「したら使ってくれますか？」

「大雑把な人間は駄目だ」

秋津はうひゃっと言って、右手の紙筒で自分の頭をぽんと叩いた。

「失礼しました。いやホント、僕は若き日のガミさんのマドンナにお目もじしたかっただけなんですよ。ねえ石津さん？」

ちか子が目を丸くした。「わたしですか？」

「もちろん、そうですよ」

「徳永、このデカブツを掃き出してくれ」武上は言って、ちか子の脇をすり抜けて取調室に足を踏み入れた。「筋肉バカの言うことに取り合うんじゃないぞ」

「ということだ、筋肉バカ」と、徳永が胸をそらして言った。「石津さん、そのへんに箒はありませんかね？」

「ウズラちゃんに俺を掃き出す腕力があるかなぁ」秋津は切り返し、なおもちか子に食い下がった。「今度ゆっくり、ガミさんと一緒に仕事したころのことを話してくださいよ。

お願いします」

「はいはい、オバサンの昔話でよろしければね」

「楽しみにしてますよ。ンじゃな、ウズラちゃん。羽根パタパタしてガミさんの邪魔すんじゃねえよ」

秋津は大股に廊下を去ってゆき、憤懣《ふんまん》やるかたないトクマツは、ちか子に促されて取調室に入った。

武上は腕組みをして窓際に立ち、頑丈な格子ごしに外を見ていた。目の下は署の駐車場で、一方通行の狭い道を隔てた向こう側には、人家と雑居ビルとマンションがごみごみと建て込んでいる。青空には全体にうっすらと白い雲が流れ、春の横風に乗って渋谷の町の騒音が運ばれてくる。

窓を背に、向かって左側の壁は本物の壁だが、右手の壁はマジックミラーがはめ込まれている。武上はそこに近寄り、何ということもなく手でひと撫でしてみた。

部屋の中央には机がひとつ。それを挟んでパイプ椅子が二脚向き合っている。窓際にもうひとつ小さな机が据えてあり、そこが記録役の警察官の定位置だ。壁掛け式の内線電話機があるだけの、およそ飾り気のない剝き出しの床と壁。テレビドラマでもお馴染みの取調室。小道具として足りないのは、被疑者の顔に照りつけるスタンドと、安っぽい金属製の灰皿くらいなものだろう。

武上はパイプ椅子を引いて腰かけた。椅子はここでも床を擦り、耳障りな音をたてた。

「何年ぶりですか」と、ちか子が尋ねた。入口のドアを背にして立っている。

「さて……どのくらいかな。十年はやってませんよ、こんなことは」

「じゃあ本庁に行ってすぐにデスク担当になったんですねえ」

「嫌いじゃないですしな、あの仕事は」

徳永は窓際の机に向かうと、小脇に抱えていた記録用の書式を広げた。

「僕は馴れていますから」

「うん。聞いている」

「いつもどおりにやればいいんですね？」

「それがいちばんいい」

「わかりました。いえ、念を押しただけです。武上さん、灰皿が要るんじゃないですか？」

「最初のうちはいい。間が持たなくなったら出そう」

「了解」徳永は手をあげた。こういう動作が洒落者っぽくて、秋津のような無骨者にからかわれるわけだ。

気を合わせたわけではないが、武上とちか子は同時に腕時計を見た。午後二時十分前だ。

「さあ、じゃあわたしはそろそろロビーにいることにします」

「お願いします。彼女は一人で来るんですか？」

「いえ、母親と一緒です。ただお母さんには、署内で待っていていただきます」

武上はうなずいた。「その方がいいでしょうな。ただ、本人がどうしても母親と一緒でないと嫌だと言った場合は、同席してもらいましょう」

「その心配はないと思いますけどもね」

含みのある言い方に、武上はちか子の顔を見た。ちか子はうなずいた。

「所田春恵さんと一美さんは、仲良し母娘《おやこ》ではないんです。今日のことも、一美さんは一人でいいと言うのを、春恵さんがどうしても一緒に行くと言い張ったんですよ。一美さんは母親が何にでも干渉したがると、ひどくうるさがっているようです。思春期の子供がいる家庭では、一度は通る段階なんでしょうけれどね」

「うちの娘なんざ、十歳ぐらいのころから私を邪魔者扱いしてますよ。小学生のころから、たまに私が家に帰ると、お父さん、今日は泊まるのかと訊きましたからね。泊まるなら宿泊代を払えと言わんばかりに」

ちか子と徳永が揃って笑った。徳永が言った。「下島課長も同じようなことをこぼしてますよ」

「武上さん、お嬢さん、もう成人式は——」

「済みました。大学三年ですよ。口だけは一人前です」

そうですか、懐かしいですねえと言いながら、ちか子は取調室を出ていった。武上は資料を広げ、上着の内ポケットから眼鏡を取り出すと、鼻筋に乗せた。

意外そうに、徳永が訊いた。「武上さん、老眼ですか？」

「昨日、出来合いのを買ってきたんだ」

「ちゃんと視力検査を受けて、自分にあったのを作った方がいいですよ」

「本当は、まだ眼鏡が要るほどじゃないんだ」

徳永が笑うので、武上は急いで続けた。「強がってるんじゃないぞ。本当にまだ老眼が進んでるわけじゃないんだ。ただ今日は、眼鏡をかけていた方がいいかと思ってさ」

ちょっと考えてから、徳永は訊いた。「目の色を読まれないために？」

「まあ、そんなところだな」

「ガミさん、考えすぎですよ」

「だといいんだが」

そこに、内線電話が鳴った。

「来たかな」と、武上は言った。

送信者：カズミ　宛先：ミノル
件名：自己嫌悪してる
わからないことばっかりで、考え事にも飽きてきちゃった。あたし、どうしてこうなんだろう？
ミノルは不安にならない？　あたしは何から何まで不安。あたしってこの世に必要な人間なの？　誰かに愛されてる？　ときどき居場所がないような気がしてくるの。申し訳なくなっちゃうの。友達だって、あたしがいなくなっても平気じゃない？　ミノルだってそうでしょ？　また新しい友達を見つければいいだけの話じゃない。親だってそうよ。無条件に愛してくれるのが親だなんて言うけど、そんなのウソよ。できのよくない子供なら、いない方がいいのよ。あたしなんか、親の期待になんか全然応えてない。
なんでこんな娘なんだろうって、きっと思ってるわよ。

送信者：お父さん　宛先：カズミ
件名：心配するんじゃないよ
心配性のカズミにひとこと言ってやってくれと、ミノルに頼まれた。お父さんもお母さんもおまえを愛しているよ。おまえはいい子だよ。

5

所田一美が渋谷南署に入ってくると、ロビーに居合わせた数人の若い男性が、揃って、まるで糸で引っ張られたかのようにつと首を巡らせ、彼女に注目した。

一美は完璧に彼らを無視した。緊張や不安で心ここにあらず、気づかなかったというのではない。気づいた上で、あんたたちにはあたしを見る権利なんかないわよというサインを発したのだ。

対照的に、母親の所田春恵は見るからに怯えていた。彼女の方から目を泳がせて、そこにいるすべての人びとと視線を合わせ、一人一人に、どうして娘と自分がここにいるのか、必死で説明したがっているような顔をしている。痛ましい眺めだった。

母娘《おやこ》はファッションも大きく違っていた。春恵はチャコールグレイのニットスーツに、シンプルな黒革のバッグと靴を合わせている。結婚指輪以外、アクセサリーはひとつもつけていない。一方の一美は五分袖のカットソーに、膝上二〇センチ以上のミニスカートだ。素足はすらりと長く、ミュールを引っかけている。スカートは黒一色だが光沢のある生地でできており、カットソーは白と黒のツートンカラーの幾何学模様。凝ったデザインのネックレスの先端には銀製の十字架がついていて、形よく盛りあがった胸の谷間で揺れている。脱色《ブリーチ》した栗色の髪は肩に届く長さで、片側だけ耳にかけてあり、金色の小さなピアスが見える。

ちか子の年代でも、女子学生がこういう格好をすることはあった。が、十六、七でこんなファッションに身を包む女の子は、たいていの場合、いわゆる〝グレた娘〟だった。しかし所田一美は違う。私立の有名女子校に通い、成績は学年でもトップクラスだという。時代は変わるということだ。

石津ちか子は進み出て、二人に声をかけた。

「今日はご苦労さまです」

春恵はちか子と淵上巡査を見つけて、こちらがほろりとするくらいに嬉しそうになった。

「すみません、時間に遅れましたかしら」

「いえ、まだ五分前ですよ」にっこり笑ってから、ちか子は一美を見た。「学校を休ませてしまってごめんなさいね」

一美は母親より少し下がって、ちか子と目を合わせず、淵上巡査に尋ねた。

「面通しって、どこでやるの？」

淵上巡査はきりりと応じた。「すぐ案内します」

「あの、わたしは――」春恵が狼狽《うろた》えた。「本当に一緒でなくていいんでしょうか」

ちか子や淵上巡査が答える前に、一美がずけずけと言った。「いいって言ってるじゃない。何度も言ってるじゃない。あたし、お母さんにそばでごちゃごちゃ言われるの、嫌なんだよ」

「それじゃ淵上さん、一美さんを二階にお連れしてください」ちか子はするりと母娘のあいだに割り込み、春恵の腕に触れた。「お母さんには、こちらで見ていただきたいものがあるんです」

連れだってロビーから交通課の執務室の前を抜け、打ち合わせなどに使われている小会議室に入った。古ぼけた机の上に、証拠保管室から運び込んできた品々が並べてある。衣類、靴、ハンカチ、メモ帳、ファイルが数冊――

春恵はそれらを一瞥して、はっとした。

「ご主人の身の回りのものや、鞄の中身などです」ちか子は椅子を引いて、春恵に勧めた。

「ただ、捜査の必要上、所田さんの会社の机やロッカーのなかからも、かなりの品物を持ち出しましてね。すべてお手元にお返しできるようになったんですが、私物と会社に戻すものとの区別が、わたしたちではわからないんです。奥様ならおわかりになるかと」

「ええ……はい」春恵は片手を口元にあてると、短く何度かうなずいた。

「お返しするべきものに間違いがあってはいけませんので、お手数ですがひととおり御覧いただけますか。ご主人の思い出につながる物もあるでしょうし、こちらでお邪魔するようなことはいたしませんから、時間はお気になさらずに。ゆっくりでかまいませんよ」

部屋の隅の内線電話を指して、

「何かありましたら、その電話で内線の二二一を呼んでください。わたしのところにつながります。わたしが外せないときには、渕上巡査を寄越します」

「わかりました」

「冷たいものでもお持ちしましょうか」

「いえ、けっこうです。大丈夫です」春恵は涙ぐんでいた。「すみません」

「奥様が謝ることはありませんよ。物によっては、鑑識作業のために汚れたりしているものもあるかもしれません。できるだけ丁重に扱ったつもりですが……。それと、衣類は全部揃っていないと思います。まだ証拠物件としてこちらで保管しておきたい物もございますのでね」

「はい、はい。わかっています」

春恵は小さなハンドバッグを開けると、ハンカチを取り出して目を拭った。洗濯を繰り返し、色あせたハンカチだった。涙をよく吸い取ってくれる。

「石津さん」

すがるように呼びかけられて、ちか子は春恵のそばの椅子に軽く腰かけた。

「はい？」

「あの娘《こ》は――一美は本当に犯人を見分けられるんでしょうか？　これから、警察が疑いをかけている人たちが呼ばれるんでしょう？　テレビでは今井さんの友達が怪しいって言ってるけど、本当は違うってことなんですね？　だから一美の証言が要るんですね？　何人来るんですか？　もしも一美が見分けられなかったら、その人たちはどうなるんですか？」

ちか子は春恵に微笑みかけた。「わたしたちが一美さんの証言に期待していることは間違いありませんが、仮に今日の試みがうまくいかなくても、それで捜査が行き詰まるわけではないんですよ。ですから、心配しないでください」

「呼ばれた人たちに、一美は直に会うわけじゃないんですよね？　恨まれたりしませんわね？」

「それはもちろん、大丈夫です。取調室にいる人たちから、一美さんは見えません。わたしたちでしっかりガードします」

春恵はハンカチを握りしめた。「新聞にもね、一美が犯人を見たっていうようなことは載りませんでしたものね。ニュースでも、どこにも載りませんでしたものね」

「はい。わたしたちはその情報を外に漏らしてはおりませんから。ですから一美さんは安全ですよ」

ひと息にそれだけ言ってから、ちか子は軽くぽんぽんと春恵の腕を叩いた。

「それに一美さんが見た人物が、必ずしも犯人であるとは限りません。ただわたしたちは、生前のご主人と関わりのあった人たちを――それがどんな小さな関わりであったとしても――くまなく知っておきたいんです。それで一美さんに手伝っていただくわけなんです」

春恵は遺品の山にぼうっと目を向けて、小声で言った。「あの子、怒っています」

「一美さんは怒っている――？」

「ええ。父親が殺されたことを。父親を殺した犯人を、ものすごく怒っています」

素早くかぶりを振って、

「もちろん、わたしだって犯人は憎いです。でもね石津さん、わたしはまだ――まだ悲しくて――主人が突然いなくなってしまったことに、まだ馴れなくて、驚いて――そちらの方で心が乱れていて、わたしは弱いのかもしれないけれど、まだ犯人を怒るところまでいかないんです」

「お気持ちはお察しします」ちか子は穏やかにそう応じた。「わたしが奥様の立場に置かれても、やはり同じような気持ちになるんじゃないかと思いますよ」

「石津さんは警察の人なのに」

「それだって、同じ人間ですからね。けっして奥様が弱いなんてことはないですよ」

春恵の目から、涙が一滴落ちた。手の甲の上に落ちた。

「一美は強いです」

「しっかりしたお嬢さんですよね、ええ」

「わたしよりずっとずっと精神が強いんです。主人もしっかりした人でしたから、きっと父親に似たんですね。あの子がわたしに辛くあたるのも、泣いてオロオロしてばかりいるわたしが不甲斐なくて歯がゆいからでしょう」

春恵の身近には今、こんな話のできる相手がいないのだろう。ちか子は耳を傾けることにした。

「あの子、きっと犯人を見つけてみせる、見つけたらただじゃおかないと言うんですよ」

「そうですか……」

「復讐してやる、殺してやるんだって。そう言っていたこともあります」

「奥様にそう言ったんですか」

「いえ、わたしにはそこまではっきりした言葉を使ったわけじゃないです。ただお友達と――ボーイフレンドとね、電話をしていて、かなり興奮してそんなことをしゃべってました。携帯電話ですからね、どこからでもかけられるけれど、たまたまわたし、漏れ聞いてしまって」

「いつごろのことですか？」

「つい数日前です。うちでね」

「ボーイフレンドというのは」

名前も顔もすぐに思い当たっていたのだが、ちか子は思い出すふりをした。

「石黒《いしぐろ》君ていう——クラスメイトの知り合いだとかいう男の子です。男の子って言ったら失礼かしら、一美よりは年上だから。二十歳ぐらいだったかしら」

「わたしは一美さんから直に彼の話を聞いたことはありませんが、渕上は知っているようでした。彼とはとっても仲がいいみたいですね」ちか子は笑った。「今の若い人は、そういうのを〝ラブラブ〟と言うんでしょ？」

春恵もちょっと笑った。目の縁が赤い。

「わたしも二、三度会っただけなんですよ。うちに遊びに来たことはないから。一美を迎えに来てくれたときに、ちょっと見かけて」

ちか子はうなずいた。

「一美も、石黒君には何でも話せるみたいです。主人の事件のことも、わたしとは話そうとしないけど、石黒君とは話しているみたいな様子です。今日も、出がけまで石黒君に電話していました。あの子、すごく気負いこんでます。絶対に自分で犯人を見つけてやるんだって」

ちか子は静かに言った。「一美さんがあまり興奮しないように、わたしたちも気を配るようにしましょう。一美さん自身にとっても辛いことになりますからね」

春恵は一本調子に続けた。「わたしは全然あてにされてないんです。でも仕方ないです。わたしはあの子みたいに強くないから」

寂しそうに見えた。春恵が口をつぐんだので、ちか子もしばらくのあいだ沈黙を共有した。春恵が一人で支えている沈黙を、脇から手を出して、一緒に支えた。

傷つき、怯え、悲しんでいるこの人に、この程度のことしかしてあげられない。それもまた不甲斐なく、歯がゆいことではあった。しかし、それなりに長い警察官としての人生で、ちか子は学んだ。この道に奉職し続けるためには、もちろん、誰かを助けたり、誰かの役に立つために頑張り抜くという根性が不可欠だ。だがそれだけでは足りない。それと同じくらい、いやそれ以上に切実に、誰も助けることができなかったり、誰の役にも立てなかったときに、そういう自分に堪え抜くことのできる忍耐力も必要とされるのだ。

「ごめんなさい、余計なことをペラペラしゃべって」

ややあって、春恵はまた詫びた。ちか子は椅子から腰をあげた。

November 2015

SUN	MON	TUE	WED	THU	FRI	SAT
1	2	3	4	5	6	7
8	9	10	11	12	13	14
15	16	17	18	19	20	21
22	23	24	25	26	27	28
29	30		LQ 3	NM 11	FQ 19	FM 25

30% PCW

Printed in the U.S.A

「大丈夫ですか」

「ええ、大丈夫です。すみません」

「もしも辛くて今日はすべての遺品を見ることができないようでしたら、そのときは遠慮なくわたしを呼んでください」

「わかりました、ええ、でも大丈夫です」

目を拭い、ハンカチで軽く鼻を押さえて、春恵は座り直した。そして机の上の遺品の方に手を伸ばした。

「一美さんの方は、終わり次第お連れしますのでご心配なく」

言い置いて、部屋を出て廊下に戻ると、ちか子は事務室に顔を出し、職員の一人に、三十分ほどしたら奥の部屋にコーヒーを運んでくれるように頼んだ。そして二階に向かって歩き出した。

所田夫妻は社内恋愛だったと聞いている。似合いのカップルだったろう。若いころの所田春恵は、おとなしくて優しく、男性が思わずかばってやりたくなるような、可憐な娘だったのではないか。そこが所田良介を惹きつけたのではないのか。

彼は、自分の妻のことをどう思っていたのだろう。若い娘にかまうのが好きで、彼女たちに頼られることが好きで、そっちに夢中で、いささか中古になった春恵のことなど、頭

石津ちか子は、所田良介の殺害事件に、発生当初から関わっていたわけではない。杉並署で、そんな立場にはいないからだ。

本庁から所轄署への異動はことさらに珍しいわけでもなく、さまざまなケースがある。しかしちか子の場合は、誰の目にも明白にそれとわかる降格人事だった。ストレートに杉並署に移ったのではなく、最初は丸の内署の刑事課に一年ほどいて、もっぱら資料整理をしていた。それから杉並署に移り、席は同じく刑事課にあるが、遊軍扱いで、やはり書類管理と資料整理、継続捜査事案の連絡係をしている。三番目のこれは、要するに電話番ということであるが。

四年前、ちか子が本庁の放火捜査班で関わった事件は、これ以上ないというほど異状で、犠牲の多い事件だった。そのなかで、個人としてはできる限りのことをしたつもりだったけれど、それは組織人としてははみ出し行為となり、その結果の降格である。しかし、周囲が気にするほどに、ちか子はそれに対して憤ったり、反発したりはしていなかった。あまりにも常にない事件と事象に対峙した後だったから、それが現実社会と折り合わない——とりわけ、警察組織という良くも悪くも強固で旧体質のものの理解の範囲には収まらないことが、無理もないというか、いっそ自然なようにも思えたのである。また、その事件を通してちらりと垣間見た警察組織の暗い部分から時間と距離を置いて、それに屈しない自分なりのやり方を模索するためにも、ここで一度本庁を離れるのは、ちか子としてはむしろ望むところだった。

しかしそういう身の上なので、杉並署でもちか子は持て余し者、頭数には入れてもらえない居候である。だから、捜査本部が置かれてから三日目に、急に呼ばれて所田家の警備を手伝うように命令されたときには驚いたものだ。あの時の驚きに比べたら、つい数日前に、今日のこの〝取り調べ〟に加わるように、やっぱり突然命じられたときの驚きなど小さなものだった。

女手が必要なのだと、ちか子の上司は説明した。まるで慶弔の行事の助っ人を近所の小母さんに頼むような口調だった。まあ、いちいち腹を立てていては何もできないし、話を聞けば、大黒柱を失って心細い思いをしている所田夫人と一人娘の身辺を守るのだというから、否《いな》はなかった。ちか子はすぐに引き受け、そこで淵上巡査を紹介されて、コンビを組んで動くことにもなったのだった。

発生から三日目のこの時点で、すでに、所田良介と、渋谷で殺された今井直子との間に個人的なつながりがあったという事実は浮上していた。実際、連続殺人ということで、捜査本部は少々色めき立っていた。

しかし、所田母娘の身辺を守るということは、捜査の延長線上で出てきた処置ではなかった。所田一美から申し出があったのである。

実は数ヵ月前から、悪質なイタズラ電話に悩まされていたのだと、彼女は訴えた。登下校の途中など、後を尾《つ》けられた経験もあるという。イタズラ電話の声も若い男のもののようだし、尾行者も、彼女が確認できた限りでは、年格好からしてせいぜい二十歳どまりの若者だから、同一人物かもしれない。

「このことは、お父さんにも話したことがあったんだけど、お父さん――父は心配して、ときどき朝なんか、駅まで一緒に行ってくれたこともあって。父が一緒のときは誰かに尾けられるようなことはなかったけど、その後にかかってきたイタズラ電話で、親父が一緒だって安心してたら大間違いだぞと言われたことがあったの」

薄気味悪かったけれど、この半月ほどはそういうことも無くなっていたので、忘れかけていた、でも、父がこんなことになって、急に心配になってきたと彼女は言った。

「もしもあの男が父に何かしたんだとしたら——って、そう思うと」

これがストーキングなのだとしても、犯人にこれという心当たりはないということも言った。

「ボーイフレンドとはうまくいっているし、それ以前にちょっと付き合ったり、友達とグループで遊びに行ったりしたことのある男の子たちとだって、トラブルなんかは何もなかったし。だから、すごく一方的なものなんじゃないかって思う。わたしの全然知らない人が、勝手な思いこみでやってる。でも、もしもそれとお父さんが殺されたことが関係あったらどうしようって——」

　捜査本部としては、所田良介殺しは単独の事件ではないという見解を固めていたので、一美を狙っていたストーカーが、彼女が父親に相談し、父親が彼女を守る行動をとったが故に、彼の排除にかかったという筋書きは採用しにくかった。が、まったくあり得ない線ではないから——発生から数日では、事件にはどんな線だってあり得るのだ——残された母娘の身辺を守り、監視することにしたのだった。それが、「女手が要る」という要請の所以《ゆえん》である。

　初めて会ったとき、ちか子の目に、一美はひどく怯えているように見えた。あの時点では、怒りよりも恐怖の方がずっと大きく、強固に彼女を支配しているように見えた。

年代的なものもあるのだろう、ちか子はすぐに所田春恵とうち解け、淵上巡査は一美に親しまれるようになった。身辺を守ると言っても、目撃者を保護するようなものものしい形ではなかったし、雰囲気はいたってソフトなものだった。淵上巡査も私服で所田家に出入りし、一美の買い物に付き合ったこともあったし、彼女に請われて泊まり込むときには、まるで仲良しの友達のように、一美の部屋の床に客用の布団を延べてもらって寝た。

やがて合同捜査本部が作られた時にも、ちか子と淵上巡査は所田家を守っていた。その警備体制を変え、地元交番による定時パトロールという形にまで緩めるという決定がくだされたのは、それからさらに一週間後のことであった。

もっとも、この決定も捜査本部だけの意向によるものではなく、所田母娘の方からも、もう警備は必要ないと断ってきたのだった。総指揮官である下島課長としては、ちか子も淵上巡査も、最初から捜査本部の戦力ではないのだから、人員配置という点では関係ないし、万が一ということを考えれば、もう少しそのまま様子を見てもいいと思っていたようだ。が、所田一美はひどくしょげた様子で、ストーカーの件は、自分の考えすぎだったようだと言い出した。実際、確かにちか子たちが所田家を見張っているあいだは、それらしいイタズラ電話の一本もなかったし、一美や淵上巡査が不審者に気づくということもなかった。静かなものだった。

ストーカーが、警備がついているのを察して接触を控えているということはもちろん想定できた。が、このころになると、A子の存在に焦点があてられていたし、捜査本部のなかでは、一美を脅かしていたというストーカーを重く考えることはできなくなっていた。もしも一美を標的とした人物の犯行なのだとしたら、所田良介殺しが起こる以前は、当の一美でさえ〝忘れかけて〟いたほどになりを潜めていたのに、急に行動を起こして、彼女に近づくのではなく、一足飛びに父親を殺害するというのは、やはりおかしい。今となっては、A子の方がはるかに臭い。

所田春恵は、当の一美がもう大丈夫だから警備は要らないと言っているのに逆らう気はないが、急に母娘二人になっては心細いということもあったのだろう。警備を解いても、何かあったら相談に行っていいかと、ちか子に尋ねた。ちか子はもちろん遠慮は要らないと応じた。その後も電話は毎日かけたし、数日おきに所田家に顔を出して、短時間でも春恵と会うように心がけていた。最初から捜査の頭数に入っていないからこそ、こんなことができる。居候も悪くはないと思った。ただ残念なのは、本当は、こうしたことは捜査そのものと同じくらい必要なのに、警察機構のなかではそれがほとんど認識されていないということだ。

「ストーカーのことは、もう全然心配してない。余計なこと言っちゃった」

そう言い切ってから以降は、一美は本当にきっぱりとして、怯えた様子を見せることがなくなった。むしろ、怒りを表面に出すことが増えた。その割り切りは、たぶん、一美がA子を犯人だと確信しているからだろうと、ちか子は考えた。一美にとっては、父親が、娘と大差ない年代の若い女性と不健康な関係にあり、その関係ゆえに殺害されたのかもしれないという推論は、にわかには受け入れがたいものであろう。が、それでもとにかくA子が逮捕されるまで、じっと堪えて待つことにしたのだろう、と。

だが、ほどなく、一美はまったく新しい事実について証言を始めた。この半年ほどのあいだに、過去数回、町なかで偶然父親を見かけた折に、見知らぬ人物が一緒だったことがある——というのである。

「日曜日に駅で、反対側のホームに立ってるのを見たときと、うちの母がよく買い物に行くスーパーの駐車場で、父が車を停めていて、運転席側の窓越しに誰かと話してるのを見たときと——あと、父宛に電話がかかってきて、いないって言ったら切れたってことが二度くらい。で、その電話の一度目だったか二度目だったか覚えてないけど、受話器を置いた後で何気なく外を見たら、うちの塀の外を誰かがうろうろしていたのを見かけたのと。その三度です。どれもみんな、たいしたことだと思ってませんでした。道を訊かれたとか、知り合いとたまたまホームで一緒になったとか、そんなことだろうって。電話のときは嫌な感じがしたけど、そのあと何かあったわけでもなかったし。確か、そういうヘンな電話があったこともすぐ忘れちゃって、父にも母にも話さなかったような気がします」

まるでタイミングを合わせるように、捜査員が一美からこの新しい証言を聞き取ったのとちょうど同じころ、所田良介が所持していたノートパソコンのハードディスクを調べて、その結果、彼が会社や家庭の人間関係以外に、ネット上での友人付き合いも持っていたということがわかってきた。

所田良介のパソコンは、彼がその機械《マシン》を介して何をしていたのか、雄弁な記録を残していた。もっとも、他愛ないネットサーフィンや、会社の同僚たちを含む〝メル友〟たちとのやりとりについては、誰でもやりそうなレベルのもので、ことさらに注意を惹かれるような内容ではなかった。今井直子とのあいだでは、メールのやりとりなどはしていなかったようで、彼女もここには登場しない。友人たちの話によると、彼女はパソコンには興味がなく、もっぱら携帯電話に頼っていたようだ。

捜査本部では、所田良介が若い女性を求めていわゆる出会い系サイトに頻繁に出入りしていたのではないかと考えたが、案に相違してその痕跡は見当たらず、見つかったのは、まったく予想外のものだった。

所田良介は、ネット上に〝家族〟を持っていたのである。

妻と娘と息子。彼を含めて四人家族だ。彼らは「お父さん」「お母さん」「カズミ」「ミノル」と呼び合い、頻繁にメールをやりとりし、チャットで会話している。また、彼らのつながりはネット上だけのものではなく、実際に、少なくとも一度は顔を合わせたこともあるらしい。また会いたいねというようなメールを、所田良介は「カズミ」宛に出しているのだ。

真っ先に確認をとったが、ハンドルネーム「お母さん」は所田春恵ではなく、「カズミ」も所田一美ではない。彼女たちは、所田良介がネット上で〝お父さん〟役を演じていることについては、まったく知らなかったと異口同音に述べた。春恵はそもそもインターネットについての知識もなく、刑事から説明を受けても、最初のうちは何を言われているのかわからないという反応だった。

「あたしとお母さんに不満があったんじゃない？　こっちだってあったけど」

一美はそう言って、手厳しく続けたものだ。「赤の他人とオママゴトをやって、あたしたちから逃げてたのね。あたしにはお父さんが何を考えてたんだかちっともわかんない」

彼女が怒るのも無理はない。ちか子は、所田良介が死んでしまったことを、心底残念に思った。生きていて、一美の怒りを受け止めてやるべきだった。それにしても、一人の人間の死が、こうまでボロボロとその人間の秘密の部分を露呈させるというのは——ここまであからさまな例も珍しい。

「こうなったら、あたし、絶対に犯人を捕まえてほしい。あのA子っていう騒がれてる人がそうなの？ なら、あたしに会わせてよ」

ちか子はまだわからないと宥《なだ》めた。一美は挑むように目を光らせ、拳を握って言ったものだ。

「じゃ、犯人がはっきりわかったら会わせてよ。訊きたいの。どうしてお父さんを殺したのか。お父さんがどんな人間だったから殺したくなったのか。お父さんが何をしたのか。あたしには知る権利があるでしょ？ お父さんが殺されて、それであたしたち、お父さんが生きていたら知らなくて済んだことを知らされて、恥をかかされて、傷つけられてるのよ。ひどすぎるわよ」

もっともな訴えだ。正当な言い分だ。一美が知りたがることを教えてやりたい。

しかしそれには、犯人を見つけなくては。

合同捜査本部がA子を追いかけ、追いつめようと躍起になっていることは、もちろんちか子も知っていた。が、そこに不安はないのだろうかと考えた。それが正しい本線だろうか。一見、破線のように見えているもうひとつの線——所田良介の秘密の生活のなかにこそ、本当の動機と犯人が隠れているという可能性もあるのではないか。そちらを放置しておいてはいけないのではないか。

一美が、所田良介と共にいる場面を目撃したという、未知の、そして複数の人物は、捜査の対象にしなくてよいのか。A子一人にすべてを集約していいのだろうか。

その疑問に心を悩ませているところに、今日のこの〝取り調べ〟に参加するよう、突然の命令を受けた。そして、合同捜査本部のなかにも、少数派ではあるが、ちか子と同じように考えているグループがいることを知らされたのだった。彼らの意見を聞き、それがちか子の推測の範囲を超えて、さらに大きく広がっていることを知り、春恵と一美のために心を傷めた。

その結果、今日ここにいるのだ。

デスク担当が武上悦郎だと知ったときには驚いたけれど、彼がこの〝取り調べ〟で中本巡査部長の代打として出てきたときには、さほど驚かなかった。あの人は、こういう役回りの人なのだ。若いころからそうだった。

秋津という刑事は何やら誤解をしているようだけれど、ちか子と武上は別に個人的に親しかったわけではないし、マドンナなどとはめっそうもない。ちか子の方が三つ年上で、初めて顔を合わせたとき、すでにお互い所帯持ちだった。ロマンスなど一切ない。ただ仕事上で気が合い、連帯感があったということだ。その後ずいぶんと違う道を歩むことになったけれど、それでも武上の人柄が変わっていないことは嬉しかったし、ちか子自身も、あの無骨で正直者の刑事の目に、自分があまりひどく人変わりして見えてないといいけどねえ、と思っている。

そしてふと考える。そう見えることと、そうであることと、どちらが真実なのか。所田良介には何が本当で、何が嘘だったのだろう。彼には一美の怒りが理解できたろうか。

そう、一美はずっと怒っている。春恵の言うとおりだ。実はさっき、ロビーで見た彼女の顔に、あまりにもはっきりとした怒りの色が浮かんでいることに、ちか子も内心驚いていた。怒りを隠せない、その半分は若さのせいだろう。残りの半分が何から由来するものであるのかは、たぶん、今日これからのひとときで、解明することができるだろう。

6

武上は、所田一美とは初対面である。彼女の証言をまとめた報告書はたくさんファイルしたし、じっくりと目も通したが、本人の顔を——その瞳をのぞきこむのは初めてだ。

成績優秀と聞いていたが、本当に頭の良さそうなお嬢さんだと思った。かなり緊張しているようで、挨拶は堅苦しく、素っ気なかった。武上も、こんな局面で〝優しくて親切な小父さん〟を気取る気はなかったし、この賢そうな娘が今この場で求めているのは、優しい慰めや気遣いなどではなく、てきぱきした行動だということもわかったから、そのようにふるまった。

「これから私は、こちらの取調室に三人の人を呼んで、順番に事情を聞きます」

武上の説明に、一美は口を結んでうなずいた。

「三人とも、生前のお父さんと交流のあった人たちです。ただ、君には事前に、彼らの名前や年齢、どこのどういう人で、お父さんとどういう付き合いがあったのかということは言いません。話を聞いているうちに、自然にわかってくるでしょうからね」

そこで武上は、初めてちょっと頬を緩めた。

「今さら言うまでもないが、君には話の内容よりも、彼らの声や、話しているときの様子、動作などを見てもらうために来てもらったんだからね。ですから、私が彼らに何を尋ねて、彼らが何を答えるかということには、あまり気をとられないでください」

一美は声を出さず、もう一度うなずいた。この娘が「うん」と答えるタイプか「はい」と答えるタイプか、武上は知りたくなった。

「緊張していますね。大丈夫かな」

一美はちょっと目を伏せて、手で顔を扇ぐような仕草をした。「ここ、暑いから」

「空調を入れるように言いましょう」徳永が立ち上がって、廊下へ出ていった。

ドアが閉まると、そのドアに目をやったまま、一美は突然切り口上で言いだした。

「お父さんと交流があった人、なんてボカさないで、はっきり教えてよ。これから来る人たちって、〝お母さん〟と〝ミノル〟と〝カズミ〟なんでしょ？」

問いかけと同時に、武上を見た。

「そうだよ」と、武上は答えた。「ただ、あまり君に先入観を与えたくなかったのでね」

「あたし、そんなにバカじゃないんだけど」

千切って投げるように言って、一美はぷいと横を向いた。

「あたしはあっちの部屋に座るんでしょ？」

「そう、君にはマジックミラーの向こう側に座ってもらうから、こちらからは見えない」

武上はミラーの前に立った。「だから安心して、落ち着いて座っていてください」

一美はマジックミラーに近づき、人差し指の先でそれに触れた。「刑事ドラマとかで観てるから、面通しの時にはこういう場所を使うんだって知ってる」

「そうかな。こういう形ではない場合の方が、一般的なんだがね」

「壁際に何人も並べて立たせるんでしょ？」

きゅっと振り返って、一美は訊いた。「で、一歩前に出ろとか、横を向けとかやるんでしょ？ ここではそういうふうにしないの？」

「今回は、それではかえって君が混乱するだろうと思うのでね」

「ふうん」と、一美は言った。やはり、（あたしはそんなにバカじゃない）と言いたそうな口元だ。

「それともうひとつ、念を押すようだけども、言っておきます。君が今日ここで、三人の人たちのうちの誰かを見分けて特定することができたとしても、その人物がそのまま、君のお父さんを殺した容疑者ということになるわけではない。だから、そんなに身構えなくていいんだよ」

「身構えてなんかないけど」

武上は微笑した。一美は鼻先がくっつきそうなほどマジックミラーに顔を寄せた。

「ホントに、向こう側は見えないね。フツーの鏡とおんなじ」

「だろう？」

「でも、ここに呼ばれる人たちだって、あたしと同じようにドラマや映画は観てるんだろうから、想像がつくんじゃない？ こっちであたしが見てるって」

「誰かが見ているということは察しがつくだろうね。でも、君が見ているということはわからないよ」

一美は武上にではなく、取調室の出入口の脇に立っていた渕上巡査に言った。「あたしね、昨日から、記憶をはっきりさせようと思っていろいろやってみたの」

渕上巡査は素早く武上を見てから、一美に答えた。「それでどうだった？」

一美はきれいに整えた眉を寄せて、苦しげな顔をした。「かえって駄目みたい。つかもうとすると逃げちゃう」

「そうね。そんなものかもね」渕上巡査は優しく言った。「だから自然にしていた方がいいわよ、きっと」

「もし気が進まないなら、とりやめにしてもいいが」と、武上は言った。一美の反応は早かった。

「ううん、やります」きっぱり首を振った。栗色の髪がさらさらと揺れた。「やれるから、あたし」

「ありがとう。しかし、無理はいけないよ。途中で嫌になったら、いつでもそう言ってくれればいい」

「あたしは大丈夫です。でも刑事さん」

一美の視線が強くなった。

「あたしの方から、こんな質問をしてほしいとか、こんな動作をしてみてほしいとか思ったときには、どうすればいいの？」

武上はちょっと頭を傾げて、彼女に右耳を見せた。「補聴器みたいなものが見えるだろう？　これがイアフォンだ。隣とつながっている。何かあったら、石津刑事や淵上巡査にそう言ってくれればいい。我々の方のやりとりは、集音マイクを通してそちらに聞こえるからね」

それを聞いてやっと安心できたというように、一美は微笑んだ。始まる前にトイレに行きたいと言って、淵上巡査と一緒に取調室を出ていった。

入れ替わりに徳永が戻ってきた。濃い眉を、ちょっと持ち上げてみせて、

「あの娘《こ》はいくつでしたっけ？」

「十六歳だ」

「もう一人前の女ですね。化粧も上手い。ちょっと言葉が荒いけど」

「今日日《きょうび》、そんなことで驚いてちゃ務まらんだろう？」

「何がですか。警察官が？　それとも独身男が？」徳永は口の端だけで笑った。

「君も独身《チョンガー》だったな」

「それは死語ですよ、ガミさん」

「俺のまわりには嫁にあぶれた男ばっかりがゴロゴロしとる」

「で、みんなガミさんのお嬢さんを狙ってるわけです。法子《のりこ》さんでしたっけ。可愛いって、もっぱらの評判ですよ」

「誰がそんなことを言ってる？」

「主に筋肉バカが」

武上はふんと笑って椅子に腰をおろした。「誰が狙ってるにしろ、秋津は違うな。あいつの女出入りが激しいのは有名なんだ。本人は〝女難〟と言ってほしいとほざいてるが」

「そんなことだろうと思いましたよ」

武上は自分の娘の顔を思い浮かべた。うちの法子が、今し方の所田一美のような表情を浮かべるとしたら、それはいったいどんな局面だろう。法子が取調室に入るとしたら、あるいはマジックミラーの向こう側に座るとしたら、どんなふうにふるまうだろうか。

「それなりにちゃんと育てたつもりの娘なんだがな」武上は呟いた。「今、刑事と付き合ってるんだ」

徳永がピーと口笛を鳴らした。

「同じ大学に彼氏がいたんだが、そっちを振って、乗り換えた。最近の話だ」

「僕らにとっては慈母観音のようなお嬢さんですね。安月給の地方公務員に愛の手を」

「慈母かどうかは知らんが、どう贔屓目《ひいきめ》に見ても、そいつより前の彼氏の方が男前なんだ」

「男は見た目じゃないです。女性もですけどね」徳永は諳《そら》んじた。「昨夜《ゆうべ》には紅顔《こうがん》を誇れども、朝《あした》には死して屍をさらす――。紅顔てのは、美しい顔という意味ですよ」

「所田良介も男前だったがな」

「そして妻君《さいくん》には不実な男だった。いや、もちろん、見た目のいい人間がみんな不実だというわけじゃないですよ。ただ、そのふたつの要素が揃うと、不幸なことが多いんじゃないですか」

武上は笑った。「妻君とはまた、古風な言い方をするもんだ」

今井直子との関係が浮上すると、捜査本部としては所田良介の女性関係について細かく調べざるを得ず、結果として、所田春恵は、夫の死に動揺しているところに、重ねて辛い質問を投げかけられることになった。それでも、担当した刑事が老練だったのか、春恵という女性がそもそもそういう性格なのか、あがってきた報告書は、彼女の協力をきちんと取り付けた、詳細なものだった。武上はそれを読むだけだったから、春恵がこういう聞き取りのとき、どんな表情を浮かべていたのかはわからない。が、心理的な抵抗らしいものをほとんど見せない彼女の発言に、同情をするのと同時に、ふと、少しばかり底が知れなくて不気味なような感触も持った。

「夫には——確かに浮気なところがありました」と、春恵は答えている。

「結婚して二十年、女性がらみでちょっとした問題が起こらなかった年はない、というくらいでした。

若い女の子が好きなんですね。それは男の人は誰でもそうなんでしょうけれど、主人はなんというか、ただ好きなだけじゃなくて、好かれ方も上手いというか、妻のわたしが言うのもおかしいですけれど、簡単にガールフレンドをつくることができちゃうんです。もちろん最初のうちは、わたしだって怒りましたし、我慢できなくなって、赤ん坊の一美を抱いて実家へ帰ったこともありました。そうすると主人はもうぺっしゃんこにしおれて、迎えに来るんです。俺が悪かったってね。でも、ほとぼりが冷めるとまたすぐに遊び始めて、同じことの繰り返しになりました。

もしも結婚してすぐに一美に恵まれていなかったなら、わたしも辛抱ができなかったかもしれません。でも、そうですね……十年ばかりそんなことを繰り返していて、あるとき思ったんです。なんでこの人はこんなふうに浮気性のくせに、きちんきちんと家に帰ってくるんだろうって。けっして家を出ていったり、わたしや一美をないがしろにするようなことはなかったんですよ。何も知らない人には、主人はマイホーム・パパで通っていたろうと思います。優しい人でしたから。

結局、この人の浮気は病気なんだなぁと思いましてね。それと、たくさんガールフレンドはいるけれど、みんなと深い付き合いをしているわけじゃなくて、大半の女の子たちには、おかしな表現ですけれど、頼りになるお兄さんみたいにふるまってたようなんですね。要は、若い女の子にチヤホヤされたり、女の子をチヤホヤしたりすることが大好きだ、それだけのことなのかなぁ、と。何かねだられたり、頼りにされたりすると断れないというところもありましたしね。

オリオンフーズではそこそこのお給料をいただいてはいましたけれど、サラリーマンですから、そうそう金回りがいいわけではないです。それでも、主人がお金を好き勝手に使ってしまって、わたしと一美が困るということはありませんでしたから、女の子と楽しく遊ぶには、けっこう苦労していたんじゃないかと思います。ただわたしは、一美が一人っ子では可哀想だと思ったんですけれども、主人は、子供は金がかかるから一人で充分だと言って、結局二人目は断念することになりました。主人にしてみれば、養う口が増えれば、それだけお小遣いが減りますものね。でも、一美のことは可愛がっていました。生まれたときにも本当に喜びましてね。女の子がほしかったんだ、女の子の父親になりたかったんだって。つい最近も、会社の社内報に原稿を頼まれて、娘の結婚式で腕を組んでバージンロードを歩くのが夢だなんてことを書いていました。

ですから、どれほど浮気をしても、家庭を壊すことは考えていなかったんじゃないでしょうか。バレないようにやればいいんだ、ぐらいに思っていたのかもしれません。バレないなんてことあるわけがないのに、そのへんはとことんお気楽な人でした。わたしが主人のことをそんなふうに思っているなんて、まったく気づいてなかったでしょうけれど。

今井直子さんのことは存じません。たぶん、その人は主人のガールフレンドだったんでしょう。どの程度の付き合いだったのかはわかりませんが、親密な時期があって、それが終わっても友達や兄妹みたいな付き合いをしていたというのは、わたしにはそれほど意外なことではないです。さっきも申しましたように、主人はそういうのが好きでしたから。

離婚──ですか？　主人から持ちかけられたことは一度もありません。わたしはこっそり考えたことはありましたけれども、それももう十年も昔の話で……つまりその、主人のあれは病気だって割り切ったときに、別れても自分が損をするだけで、何にもならないなって結論を出しましたので。

あなたが浮気をするたびに、どれだけわたしを傷つけてるかわかるのかって、談判してもね、主人は困るだけだったでしょう。だけど俺は家庭も大事にしてるよってね。それは本当にそうでしたから。

わたしはお人好しなのかもしれませんが、なんとなくそういう主人が憎めないようにも思っていました。子供みたいでね。男の子ですよ。わたしは主人のお母さんかお姉さんで、それでけっこう楽しく暮らせるならいいじゃないかみたいな、そんなふうに思っていました。いずれ歳をとれば、仲良く支え合っていくしかないんですからね。

一美ですか？ あの娘も年頃ですし、父親のそういう癖には気づいていたようです。それでなくても、今の一美くらいの年代になると、女の子は父親に厳しくなるというか、反発するようになるものじゃないですか。特にこの一、二年は、家ではろくに話もしていませんでしたね。主人の方は、一美にかまってほしくていろいろ働きかけていましたけど、一美の方で相手にしていませんでした。それはちょっと主人が可哀想でしたが、身から出た錆ですのでね、少しは反省するかなと思いましたけど。

そうですね……その意味では、今井直子さんのことは、やっぱり嫌ですね。一美が年頃になってきているのに、外にそういう若い女の子とのつながりを求めるというのはね。主人は、それとこれとは別だと思っていたのかもしれませんけれど。

一美はわたしに対しても怒ってる部分があります。わたしが主人の言いなりになっていて、主人のわがままを許していたのでね。主体性がないって叱られたこともありますよ。お母さんの人生は何なんだって。そんなときはわたしも、お母さんの人生はお母さんの人生だし、夫婦のことはあなたにもわからないことがあるんだって、答えるようにしていました。そういう言葉を返しても、理解のできる——少なくとも理解しようとして考えてみるだけの知恵のある娘だと思っていますので。

それでも一美は、わたしのことを不甲斐ない母親だと思っているでしょう。特に今度の主人のことでは、本当に、わたしはおろおろして悲しんでいるばっかりで…… 一美は歯がゆいんだろうと思います」

この長い報告書の春恵の独り語りを読んで、中本は感心していた。寛大な女房殿もいたものだ、と。

「しかしまあ、こういう夫婦の組み合わせってのはあるかもしれないがね。当人同士は幸せだろうよ。ただ、子供はたまらないな」

武上はそのとき、俺は、自分で自分をお人好しだという人間をあまり信用しないことにしている、と答えた。すると中本は大笑いをした。

「ガミさんの言うことにも一理ある」

同じ事柄に関して、所田一美に尋ねるのは、春恵に対するよりもさらに気を遣う作業だったはずである。こちらの報告書は短かい。

「お母さんからも聞いてるでしょうけど」

と前置きして、

「あたしも、お父さんが若い女の子としょっちゅう付き合ってるってことは知ってました。そういうのって、わかっちゃうから。でも今井直子という人のことは、何も知りません。彼女のことは、最近の話でしょ？　お母さんに訊いてもらってもわかるけど、あたしが中学に入ったぐらいのころから、父はすごく口うるさくなって、あたしたちよく喧嘩したんです。このごろでは、あたしはできるだけ父と口をきかないようにしてました。話せば、文句を言われるだけだから。夜遊びしすぎだとか、携帯電話を使いすぎるとか、彼——石黒君のこともなんやかんや悪く言うし、あたしが素直じゃないとか、苦労して育ててやったのにちっとも親の恩をわかってないとか、そんなことばっかりだった。お父さんは、あたしが大人になって自立していくのが寂しいんだって、石黒君に言われて、それでちょっと父が可哀想になって、優しくしてあげなきゃって思ったこともあったけど、顔を合わせるとそうもいかなかった。

あたしがもうちょっと歳がいって、社会に出たりすれば、父のこともう少し優しい目で見てあげられるようになるかもしれないって思って、今はしょうがない、お互いにトゲトゲするよりは、無関心なふりをして離れていようって、この一年ぐらいはずっとそういうふうにしてきました。父が忙しいのはわかってるし、会社で頑張ってるのも知ってるから、家でゴタゴタしたくないっていうのもあったしね」

所田春恵に訊いてみると、確かに一美の言うとおりで、このところの父娘は、一種の冷戦状態にあったという。

この聞き取りをしたころは、一美がまだ存在の不確かなストーカーに怯えている時期で、警備もついていた。報告書を書いた刑事は、そういう状況だから、今の所田一美は思考のレンジが狭くなっているので、ストーカーの線がはっきりしたところで、彼女からもう一度話を聞いた方がいいという意見を書き加えている。これは慧眼《けいがん》だと武上は思った。今も思っている。

やがて、ストーカーの線が消えるのと前後して、所田良介のネット上の〝家族〟の存在が判明した際、また、春恵と一美に対する聞き取りが行われた。春恵はパソコンのこともネットのこともほとんど知らず、やはりこの〝家族〟との付き合いも、所田良介の浮気症の延長線上にある、人付き合いのパターンだったのではないかと思う、と述べている。

「これは主人の部下の方から聞いたことですけれど、主人は会社の女の子たちから、〝お父ちゃん〟とか〝お兄ちゃん〟とか呼ばれることがあったらしいんですよ。もちろん職場での冗談みたいなものだったんでしょうけれど、本人が嫌がったなら、そんなことを部下の方がわたしに教えてくれることもなかったでしょうからね。主人は部下の方には慕われていました。女性じゃなくて、男性の部下からもですよ。お葬式にも大勢で来てくださいました。面倒見がよかったんです。そんなところが〝お父ちゃん〟だったのかもしれない。ネットでのことも、そこで知り合った相手の方が若かったんで、そういう呼び名を使ってたということじゃないんですか」

たぶん、疑似家族というほど大げさなものではないと、春恵は言うのである。

一方の一美は、母親とはかなり違う反応を見せた。彼女は猛然と怒った。父親の、遊びの浮気は仕方がないが、外で家族ごっこをやっていたのは許せないというのである。

「あたし、何がなんだかわからなくなっちゃった。ただものすごく腹が立つ。お母さんやあたしに不満があったんでしょうけど、そんなのこっちだってあったし、あたしたちに隠れてそんなことやって、あたしたちがどんな気持ちになるか考えてみたことないのかしら。しかも、相手のうちの一人はあたしと同じ名前なんでしょ？　ハンドルネームだから本名じゃないなんて、言い訳にもなんないわよ。この人たちを見つけてよ。もしかしたら犯人かもしれないんじゃないですか？　とにかく早く犯人を見つけてよ。そいつがどうしてお父さんを殺したのか知りたいから。お父さんがそいつにどんなことしゃべってたのか知りたいから」

そしてこの怒りの発言の後、彼女は、父親が見慣れない人物と一緒にいるところを目撃したことがある——という証言を始めた。それまでにはなかった証言である。

中本は当時、この娘はあまりに腹を立てているので、自分の想像と、現実に見聞きしたものの区別がつかなくなっているのではないかと言った。

「絶対に犯人を許さないということも言ってるようだが、俺にはそれが、父親を許さないというふうにも聞こえるしな。どっちにしろ、この娘の証言がどんどん変わって、新しいものが出てくることには要注意だなぁ」

それには武上も同感だった。そう、そのころはそんなやりとりをしていた。それがだんだんと、中本のなかで固まっていって——

「ガミさん、俺にはどうしても、あっち側の路線が正しいとは思えないんだ。A子が犯人だとは思えないんだがねえ」

ぼやくような口調を思い出していた武上の耳に、装着したイアフォンから、石津ちか子の声が聞こえてきた。

「準備ができました。一美さんは着席しています。いつでも始められます」

武上は、マジックミラーの方に目をやった。もちろん彼女たちの顔が見えるわけでもない。バッターボックスに入ろうとする、自分の顔が映っているだけだった。

徳永が武上の顔を見て、確認するようにうなずいた。内線電話の受話器をあげた。

「それじゃ、最初の一人を呼びましょう」

送信者：お母さん　宛先：カズミ
件名：大至急
お父さんのこと、知っていますか？　大至急会いたい。

送信者：お母さん　宛先：ミノル
件名：大至急
お父さんが大変なことになりました。大至急会いましょう。

送信者：カズミ　宛先：お母さん

件名：教えてよ

あんたが殺したの？

7

痩せた若者だった。よれよれの白いTシャツに包まれた肩のあたりが骨張って見える。ジーンズも穿き古しのようだが、ブルーと黄色のコンビのスニーカーだけが真新しく、ゴム底が床に触れて湿った音をたてた。

武上は立ち上がって彼を迎え、向かいの椅子を勧めた。が、若者は、彼をここへ連れてきた制服巡査がドアを閉めて出ていってしまうのを見送っていて、すぐには武上の方を振り返らなかった。

「どうぞ、おかけなさい」と、武上は声をかけた。そして、自分がひどく緊張していることに気づいて狼狽した。

若者は突っ立ったまま、首だけを巡らせて武上を見た。次に徳永を見て、部屋の中央の机の上に視線を飛ばし、窓を見て、壁面の鏡を見て、内線電話機を見て、それからさっと出入口のドアに視線を戻した。

彼の視線がとまった場所に点を打ち、線でつないでゆくと、たぶん意味のある星座の形ができあがるのだろう。取り調べに熟練した刑事なら、すぐにその星座の名を言い当てることができるのだろう。だが、武上は天体観測から離れて久しく、星の名前もとうに忘れてしまった。

「どうぞ、座っていいよ」

思わずくだけた言葉を使ったのは、少しでも自分の気分をほぐしたかったからなのだが、言ってしまったら逆効果のように思えた。いかん、いかん。

若者はやっと武上に向き直ると、思いのほかよく通る声で尋ねた。

「ここ、取調室？」

武上は微笑してみせた。「そうだよ。ただ、ここへ来るまでに説明を受けたと思うが、私らは君を取り調べようというわけじゃない。いろいろと質問したいことがあるので協力してほしいだけなんだが、質問の内容がデリケートなものなので、他聞をはばかるのでね、こんな場所を使うしかなかったんだ」

「タブンヲハバカル？」外国語でも聞いたみたいに繰り返して、若者は首をかしげた。

「他所《よそ》の人間に聞かれたくないということさ」

「あ、そう」

短く応じて、若者は椅子に座った。深くきちんと腰かけて、両手を腹のあたりで組むと、ぴったりと身体に押しつけた。

武上は名前と身分を名乗り、徳永にも同じようにさせた。若者は顎を前に押し出すような形で会釈を返した。ぎくしゃくしている。当然のことながら、やはり相手も緊張しているのだと、武上は思った。

「最初に、名前と住所を確認させてもらうよ」武上は資料のひとつのページを繰った。中本の筆跡で、丁寧に記されたものだ。

「北条《きたじょう》稔《みのる》君だね。住所は東京都八王子市八坂——」

読み上げる所番地に間違いはないと、北条稔は答えた。声が妙に力んでいる。机を隔てて向き合っていても、組み合わせた腕に力が入っているのがわかる。

「一九八三年生まれ。十八歳だね？」

「誕生日は十一月なんで、まだ十七です」

「なるほど。ここには現在無職と書いてあるけども、高校は？」

「辞めちゃったんです。去年」

「中退か。ご両親と三人暮らしだね？」

「そうです。てゆうか、僕は実家のそばにアパート借りてるっていうか、借りてもらってるっていうか」

「家賃はご両親が負担しているということかな」

「そうです」

「アルバイトなんかはしてるかね」

「たまに。パソコン買うときには、親父が半分しか金出してくれなかったから、あとはコンビニでバイトして金をつくりました」

　早口でそこまで言うと、稔はきゅっと顔をあげた。

「刑事さん、何か言い忘れてないですか？」

「何を？」武上はぎょっとした。こちらには半ば背中を向けているはずの徳永が、「？」と眉を持ち上げるのも見えるような気がした。

「何かホラ、言うことがあるじゃないですか」稔はヘラヘラ笑った。「おまえには黙秘権があるけども、しゃべったことは証拠として採用されるとか何とか。ドラマでしょっちゅう観てますよ」

　武上は笑った。レトリックではない本気の笑いだった。

「君は容疑者じゃないから、そんなことを警告する必要はないんだよ」

「なぁんだ、そうか」

「ただし、嘘は困る。いたずらに事態を混乱させるだけだし、たいていの場合、調べれば嘘はすぐに嘘だとわかるものだ。君にとっても良いことにはならない。だから、こちらの質問には素直に正直に答えて欲しい」

「たいていの場合、か」稔は椅子のなかで姿勢を崩し、灰色の天井を仰いだ。「じゃ、嘘がばれないってこともあるんだ。ね？」

「まあな。だからといって、その嘘が許されるとも限らないがね」

「ばれなきゃ許すも許さないもないじゃない？」

「倫理的、道徳的にもか？」

稔は急にうち解けた感じになり、机に両腕を乗せた。そして武上の顔をのぞきこんだ。

「刑事さん、面白いヒトだなぁ」

「そりゃ、ありがとうよ」

所田一美は横顔も美人だった。椅子ひとつ隔てて彼女の左隣に座ったちか子には、そのきれいな顎の線がよく見えた。

取調室のドアが開くと、一美はすぐに、マジックミラーに額がくっつきそうになるほど身を乗り出した。じっと見つめて、まばたきもしない。武上が笑い、北条稔が腕を乗せて話し出すと、やっと身体を起こした。そして、膝の上に乗せた小さな布製のバッグに手を突っ込むと、なかをごそごそ探って携帯電話を取り出した。

ちか子は問いかけるように彼女を見た。視線に気づいて、一美は携帯電話を握ったまま、「電話、駄目ですか」と訊いた。「今、着信でブルったから。たぶんメールだと思うんだけど、返事しないと」

「音が出ないならいいですよ。でも、気が散らないかしら」

「返事しないでいる方が気が散っちゃう」

確かに一美はそわそわしていた。

「じゃ、どうぞ」

一美はすぐに、右手の親指を器用に操ってメールを打ち始めた。配置を覚えてしまっているのだろう、目はミラー越しに取調室の方を見ているのに、つっかえもせず探りもせず、実に素早くボタンを押す。電車のなかなどでも目撃する機会のある光景ではあるが、至近距離で見るとさらに感心してしまう。

結局、一美が手元の携帯電話に目を落としたのは、メールの文章を綴り終えて、送信ボタンを押すときだけだった。

「誰にお返事したの？」

ちか子はにこやかに尋ねたつもりだったが、一瞬、一美は尖った。

「――友達」

答える声は硬かった。

「僕なんかが、なんで警察に呼ばれたのかってことはわかってるつもりだけど」

北条稔は痩せた肩をすくめた。

「所田さんの事件でしょう？　だけどあれ、犯人が誰だかわかってるんじゃないんですか。ニュースでやってたの、見ましたよ」

「しかし、それは逮捕の報道じゃなかったろ？　まだまだ捜査は続いているんだ」

ふうん、そうなの――と、稔は小学生のような応答をした。

「僕は所田さんとはネット上の付き合いがあっただけで、私生活のことは知りませんよ。そんなに親しくなかったもんね」

武上は静かに問いかけた。「ほう、彼のことを〝お父さん〟と呼んでいたのに？」

稔はちょっと両目を見開いた。そして、そのリアクションを取り消そうとするかのように、せわしなくまばたきをした。

「それは単なるハンドルネームですよ。所田さんのハンドルネーム」

「君は本名をそのまま使って〝ミノル〟と名乗っていたんだよね？」

「そうです。素直でいいでしょ」

「しかし、珍しいことだろうな」

「僕は奇をてらうのが嫌いなんです」

武上の後ろで、徳永がまた眉毛を上下させた。それに気づいたのだろう、北条稔は様子を窺《うかが》うように目を細め、徳永を見た。

「何か嫌だな」小声で呟いた。「ねえ刑事さん、本当に僕は所田さんのことはよく知らないんです。ネットで知り合って、親子ごっこみたいなことをやってただけですよ。ホントの所田さんのことなんか、知る機会もなかったです」

「たとえホントでないことでも、我々は、所田さんのことなら何でも知りたいんだよ」

「ヘンな話だな」稔は口を尖らせた。もう緊張した様子はない。調子が出てきたようだ。

「バカじゃないの」

小さな呟きに、石津ちか子は一美の顔を見た。

「なぁに？」

一美は顎の先でマジックミラーの向こうをさした。「なんでもうちょっとちゃんとしたしゃべり方ができないんだろ。取調室に呼ばれてるのに」

ちか子はにっこりした。「北条君ね。きっと緊張してるんでしょう。強がってるのよ」

「あの刑事さんも優しいね。怒鳴ったり机を叩いたりしないじゃない？」

「最初からそんなことをしたら、普通に話ができなくなっちゃうものねえ」

ちか子は手元の資料をちらりと見た。

「ところで、どうかしら。北条君に見覚えがある？　あなたが駅や駐車場で見かけた人たちと比べ――」

ちか子を遮って、一美はぶっきらぼうに言った。「まだわかんない。始まったばっかりでしょ。他の人たちも見てみないと」

「そうね」

一美は背もたれから背中を離し、ちか子に顔を寄せた。「ねえ、あの人がお父さんのネット友達だったって、間違いないの？」

ちか子は取調室を見た。武上が人差し指で鼻の下をこすっている。何が可笑《おか》しいのか、北条稔は笑っている。

「間違いありませんよ」

「あと二人いるんでしょ？　全部で三人よね？」

「あなたのお父さんがネット上で親しくなった人たちは、もっと大勢いたようだけど」

一美は顔を引き、片手を頰にあてた。「だけど、そういう人たちがみんな怪しいわけじゃないでしょ？　お父さんと〝家族ごっこ〟をしてた人たちが怪しいんでしょ？」

「そうかな」

「だったらいいじゃない」一美はむくれた。「あたし、いったいどんな奴らがお父さんと〝家族ごっこ〟してたのか知りたい。いちばん知りたいのは〝カズミ〟だけど。石津さんだって、もしもあたしと同じようなことになったら、そう思わない？」

ちか子がすぐに返事をせずにいると、一美は戸口に座っていた渕上巡査に話しかけた。

「渕上さんもそう思わない？　ホントの娘としては、父親が外で別の連中と親子ごっこやって喜んでたなんて、信じらンないわよね？　しかも自分の娘と同じ名前なんてさ。いったいどんな連中なのか、知りたいと思うでしょ？」

渕上巡査は微笑して、ちょっと考えるようなふりをした。「うん、そうね。一美さんが怒るのはよくわかる」

一美は急に引いた。「あたし、そんなに怒ってなんかないわ」

「そう？」

「そうよ」

つと下を向くと、膝に乗せていた携帯電話を取り上げ、いじりだした。ちか子は目顔で淵上巡査にうなずいてから、一美を促した。

「さ、取調室の方をよく見てちょうだいね」

武上は指先で老眼鏡の縁を持ち上げた。

「そもそもは、どんなきっかけで所田さんと知り合ったんだろうか」

北条稔は邪気のなさそうな目を見張ってみせた。「所田さんていう名前は知らなかったですよ、最初はね」

「彼は始めから〝お父さん〟というハンドルネームを使っていたのかい？」

「うん。だけどそのへんのことを聞きたいんなら、僕より先にカズミに訊いた方がいいと思うけど」

「カズミさん。ハンドルネームのカズミさんだね？」

「他にいるんですか？」

「所田さんにはお嬢さんが一人いてね。同じ名前なんだ。一に美しいと書いてカズミと読むんだよ」

「へえ、ホント？」稔はそっくり返って椅子にもたれた。

「知らなかったかね？」

「全然。だから言ったでしょう、お互いの私生活のことは探らないようにしてたんだ」

「まあ、確かに所田さんのノートパソコンの内容を見ても、君たちのやりとりからは――そうだな、言葉は悪いかもしれないが、その場限りという印象を受けたけれどね」

稔は椅子がカタンと鳴るほど強く身を乗り出した。「所田さん、昔のデータを残してたんですか？　消してなかった？」

武上は眼鏡越しにうなずいた。「いろいろ残ってたよ」

「いつごろからの？　どのくらい残ってました？」

武上が返事をしないと、

「ひょっとすると、消し方を知らなかったのかもしれないな」と、稔は早口に呟いた。「コンピュータのこと、詳しいようでいて、実はよく知らないって感じがしたもんな」

「しかし、会社でもコンピュータを使っていたそうだからね」

「ビジネスユースと個人でやるのとじゃ、勝手が違いますよ。会社じゃ、システム設定も管理も業者や担当者がやってくれるんでしょ。だけど個人じゃ全部自分でやらないとならないからね」

稔はそう言って、武上の手元の資料をのぞきこもうとした。

「僕が送ったメールとかも、過去のもの全部残してあったのかな？」

「そのようだね」武上は資料の上から手を退けた。「しかし、ここにはそのへんのことは何も書いてないから、のぞいても無駄だよ」

稔はむっとしたような顔をした。「だって、気になるじゃないですか」

「何が？」

「メールだって、立派な私信ですよ。僕が所田さんに出したメールを、警察に見られるなんて嫌だな」

「申し訳ないが、それが我々の仕事なのでね」

稔はそわそわとTシャツの袖を引っ張り始めた。丸襟の部分が広がって、飛び出した鎖骨がのぞく。

「カズミも呼んでるんですか？」

武上は答えなかった。

「彼女も呼んでるんでしょ？　呼んでなきゃおかしいよ。だって彼女が最初だったんだから」

「つまり、最初に所田さんと知り合ったという意味かな？」

「そうですよ。トボけないでくださいよ。知ってるんでしょ？　最初のうちは、所田さん、もっぱら彼女とやりとりしてたはずなんだから。半年くらい——ううん、もう少し前からだよ」

　武上は指でこめかみをかき、間をおいた。

「確かに、他の二人と比べて、君と〝お父さん〟のあいだのメールは少ない感じがするね。でも、それだけじゃ〝家族ごっこ〟の詳しい様子はわからんからさ。何より、そもそもの出会いのところがね」

　稔はTシャツから手を離すと、髪をかきあげた。「出会い……か」

　考え込んで、注意がそれている。武上は黙っていたが、徳永が軽く咳払いをした。すると稔は、水滴が顔にかかったみたいにまばたきして、武上を見た。

「でもさ、刑事さん」

「うん」

「やっぱりヘンだよ。なんでそんなことが事件に関係あるの？　容疑者は別にいるんだろ？　俺もカズミも関係ないよ」

　僕が俺に変わった。

「〝お母さん〟も関係ないか？」と、徳永が半身になって尋ねた。

　稔はギクリと強張《こわば》った。「何だよ、そっちの刑事さんは記録係なんだろ？　急にしゃべんないでよ、びっくりするから」

「そりゃすまなかった」

「何だよ」稔は唾を吐くように言った。ぎくしゃくと立ち上がろうとする。「俺、すっごく嫌な感じ、してきた。来るんじゃなかったよ。あのお巡りさんが親切そうなんで、騙されちゃったよ。か、考えてみりゃ最初からやばかったんだ。だってそうだろ？　刑事さんたち、どうやって俺が〝ミノル〟だって突き止めたんだ？」

武上はせいぜい意味ありげな顔をしてみせた。

「メールアドレスから？　だけど、プロバイダーは、よっぽどのことがなきゃ契約者の身元を明かしたりしないもんなんだ。警察がちょっと聞き込んだくらいじゃ、ハイそうですかって教えたりしないもんなんだ。捜査令状とかなかったら――」

「よく知ってるな」

自分で言い出しておいて、稔は大いに狼狽《うろた》えた。「え？　じゃホントに令状とったの？　それで俺たちの身元を調べたの？」

机に両手をついて立ち上がると、大声を出した。「俺は所田さんを殺してなんかないよ！　疑われることなんか、何にもないよ！」

所田一美は前屈みになり、片手をミラーについて、じっと北条稔を見つめている。彼女の腕に力が入り、手の甲に筋が浮いているので、ちか子はそっと声をかけた。

「一美さん、ちょっと離れて」

一美はピクリとも動かず、邪魔そうに「え？」と問い返した。

「ミラーが割れると危ないから、手を離しましょうね」

そう言われて、我に返ったように身を起こすと、手を退けた。一美の手の痕が、ミラーにうっすらと残っている。ちょうど、北条稔の顔のあたりだ。

「どうかしら。何かピンと来るところがあった？」

言葉を選んでいるというより、見失ったという様子で、一美は返事をためらった。頬がひくひくと何度か引きつり、それからやっと、「わからない」という声が出た。

「家の前をうろうろしてた人に──ちょっと似てるような気もするけど」

「あなたが、見慣れない人物がお父さんと親しげにしているところを見かけたのは、三回あったのよね。どんなときだったかしら。一度は家の前で、あと、駅のホームとスーパーの駐車場よね？」

「え？　ああ、そう」

「お父さんが運転席にいて、窓越しに誰かと話しているのを見た。それとも逆だったたかな？」

　ちか子は手控えのファイルを広げた。一美もそれを見ようとするように、椅子をずらす。

「いえ、やっぱりお父さんが運転席にいたのね。あなたはお父さんと話をしている人の後ろ姿しか見なかったので、性別はわからない。年齢も、年輩者ではないということぐらいしかわからない」

「ジーンズはいてたような気もするけど」一美は呟き、あわてて訊いた。「あたし、前にもそう言ってた？　そこにそう書いてある？」

「いいえ。服装のことは——黒っぽいコートと言ってるわね」

「ちょっとそのファイル、見せてくれない？」

　一美はせっかちに手を伸ばしてきたが、ちか子はやんわりとファイルを遠ざけた。

「これは捜査資料だから、ごめんなさいね。それに一美さん、記憶違いや勘違いがあったって、いちいち気にすることはないのよ。そんなことはあって当たり前なんだから」

「それは……わかってるけど」

　一美は首をよじり、ひどく不安そうに取調室の方に目を戻した。「あたしが間違ったら、大変なことになるんでしょ？」

「いいえ、あなたの証言だけで誰かが逮捕されるようなことはありません。あなた一人にそんな重い責任を負わせることは、誰にもできないのよ。だから安心してね」

取調室では武上が巡査を呼んで、湯飲みを配らせている。北条稔が大声を出したので、ひと呼吸いれているのだろう。粗茶だと言いながら彼に勧め、先に自分ががぶりと飲んでいる。徳永がミラーの方にちらっと視線を寄越し、目で何を訴えるわけでもなく、またすっと逸らした。「よく……わかんない」一美は低く呟いた。

「いざとなったら、急に自信がなくなってきちゃった」

「目撃証言をする人は、みんなそういうものなのよ。難しいことだからね」

「お父さんと一緒の人を見かけたってこと自体、あたしの思い過ごしだったのかも。だって、すぐには思い出さなかったんだもの。刑事さんたちに、お父さんに何か変わったことはなかったかって、何度も何度も訊かれて、それでもしかしたらって思っただけなの。訊かれなかったら思い出しもしなかった」

ちか子は一美の肩を軽く叩いた。「あのね、わたしたちのあいだにも、そういう意見があるのよ」

「え？」

「あなたがストーカーのことを疑って悩んだり、後になってお父さんと見知らぬ人が一緒にいることを思い出したりしたのは、警察があんまり熱心にあなたとお母さんを問いつめて、今あなたが言ったみたいに、〝何かないですか、何かないですか〟と尋ねたからじゃないかって」

一美の肩がちょっと落ちた。「ホント？」

「本当ですとも。だから、こうしてあなたに——面通しみたいなことをさせることに、反対している人たちもいるの。やり過ぎだって、ね」

「そうなの」一美は確かめるように淵上巡査の顔を見た。婦警はうなずいた。

「だから、あなたが承知してくれなかったらきっと実現しなかったでしょうし、今だって、どうしても嫌になったらいつでもやめられるのよ。どうしようか？」

一美の瞳が、今日初めて答を探して泳いだ。自身の内側に向かって。

「やめようか。あなたが席を外しても、取り調べ自体は続けられるんだから、いいのよ。外に出ましょうか」

ちか子は一美の椅子の背もたれに手をかけた。淵上巡査も立ち上がりかけた。が、一美はためらいを押しやるようにして首を振った。

「ううん、もうちょっとここにいる」

「大丈夫？」

「平気。自分の言ったことには責任をとらなきゃ」

「無理しなくていいのよ」

「無理じゃない」ちょっと怒ったように言って、一美は顔をあげた。「本当に大丈夫だから」

ちか子は微笑んだ。「わかりました。それじゃこのまま続けましょう。ちょうど向こうもティータイムが終わったようだしね」

武上がハンカチで老眼鏡を磨いている。北条稔はおとなしく椅子に戻った。

「ねえ、石津さん」一美が尋ねた。「〝カズミ〟もここに来てるんでしょ？　いつ取調室に呼ぶの？」

「それは武上さん次第ねえ」

「早く呼んでほしいわ」一美はミラーに向かって呟いた。「早く見てみたい。あの刑事さんに、マイクでそう伝えてくれない？」

送信者：ミノル　宛先：カズミ
件名：良い子ぶるなよ！
良い子の良い子のカズミちゃん。うざってぇな、おまえ何者なんだよ？

送信者：お母さん　宛先：お父さん
件名：ありがとう！

今朝のメールありがとう！　おかげで今日は一日元気でいられました。

それにしても、わたしたちいつの間にかこんなふうに家族になってしまって、すごくフシギ。でも嬉しい。ネットで友達をつくる楽しみは知ってたつもりだけど、家族まで持てるとは思ってもみませんでした。ところでさっきカズミからメールが来て、チャットに移ってちょっとおしゃべりしたんですが、ミノルとケンカしたみたい。姉弟ゲンカを仲裁するのも親の役目だから慰めましたけど、お父さんも二人の言い分を聞いてあげてほしいです。

じゃ、今日もお仕事お疲れさま。また明日ね。

8

武上は老眼鏡を鼻の上に戻すと、尋ねた。

「君たちはネット上で親しくしていただけじゃなく、実際に顔を合わせたこともあるんだね？　確か、そういう集まりを〝オフ会〟とか言うんだろ」

北条稔は、すぐには返事をしなかった。ちょっと大声をあげて、抗議をして、宥《なだ》められて、今はまた用心深く武上の出方を窺って——机の上を見据えたまま尋ねた。

「刑事さん、ネットやるの？」

「メールアドレスぐらいは持ってるよ。しかし、ネットの世界に詳しくはない」

「なんか、いかにもにわか勉強してきましたってな感じに聞こえるもんね」

「〝オフ会〟という言葉は間違ってたか？」

「違ってはないですよ。うん、僕らは集まったことがあります。四人でね。家族会議」

「いつごろのことだね？」

「四月の頭。三日だったか四日だったかな。とにかく四月の最初の土曜日でした」

「四月三日の土曜日だよ。それから三週間ほど後に所田さんは殺されてしまったわけだ。驚いたろうね」

稔は口をへの字に結び、「うん」というような声を出した。「そりゃビックリしましたよ。当たり前でしょ。刑事さんは別の返事を期待してるんだろうけど、僕は事件とは何の関係もないんですからね。驚いたですよ。死ぬほど驚いた」

せいぜい皮肉な口調で答えてから、用心深そうに上目遣いに武上の表情を見た。

「オフ会のことも、所田さんのパソコンから知ったんでしょ？」

武上は手元の資料をめくりながら続けた。

「以前にも会ったことがあるのなら、ここにカズミさんを呼んでも差し支えないね？」

「ここに？　一緒に？」

「困るか？」

「困るなんてことはないけど――」

「さっき言ったろ。君たちが〝家族〟をつくることになった経緯については、カズミさんに訊いた方が早い、と。それでも、彼女一人じゃ心細いだろうからね」

「ずいぶん親切なんですね」

「なにしろ君らは青少年だ」武上はそう応じて、わざとらしくにいっと笑ってみせた。

徳永が内線電話を取り上げ、連絡を取るとすぐにドアにノックの音がした。引率係の巡査が先に折り畳み椅子を抱えて入ってきて、それを稔のすぐ隣に据えた。稔は椅子ごと身体をずらして場所を空けた。

「どうぞ、入って座ってください」

促されて、若い娘がおずおずと入室した。バックベルトの踵の高いサンダルが、床にあたって硬質な音をたてた。

武上は目を見張った。目の前にいる若い娘が、所田一美によく似ていたからである。いや、冷静に言い直すならば、顔だちや体格が似ているわけではなかった。よく見れば、すぐに別人だとわかる。ただ雰囲気が似ているのだ。身体の線を誇らしげに見せる衣服、上手なのだろうが、武上の目には過剰に見える化粧（特に十七歳という年齢を考えれば）、肩にかかる明るい栗色の髪。胸元にぶら下がっているネックレスのデザインがまたそっくりだ。あるいは同じ品物かもしれない。流行《はやり》ものなのだろうか。

強い香水の匂いがした。

「おかけなさい」と言ってから、武上はあわてて脇を向いた。くしゃみが飛び出す。

北条稔が面白くもなさそうに吹き出した。

「香水、つけすぎ」

若い娘は笑い返さなかった。黒いナイロン製の小さなリュックを、盾にするようにしっかりと胸に抱いたまま突っ立っている。

「加原律子《かはらりつこ》さんですな？」武上はやわらかく呼びかけた。「ご苦労さまです。とにかくおかけなさい。そんなに怖がらなくて大丈夫だから」

その言い方が可笑しかったのか、脇で徳永がちょっと笑った。

加原律子の目元の強張りが、少しだけ緩んだ。こんにちは――と、場違いに素直な挨拶を小声でして、やっと座った。

武上は名乗り、「担当の者から説明はあったと思いますが」と前置きして、彼女をここに呼んだ意図を簡単に説明した。律子はリュックを膝に乗せ、そわそわと指を組み合わせながら、武上の声を脇に押しやるようにして言い出した。

「所田さんが亡くなったのは、すごく悲しいです。だけどあたし、何も知らないです」

自己主張の強そうなファッションとは不釣り合いな、早口で小さな声だった。

「警察に呼ばれるなんて困るし……あたしたち悪いことしてたわけじゃないし」

しゃべりながら、自分の口から出た言葉を、出たそばからティッシュみたいにくしゃくしゃに丸めて隠してしまおうとでもいうように、しきりと手を動かしている。

「学校を休ませてしまったのは申し訳ない」武上は丁寧に言った。「我々としてはできるだけ早くあなたたちから事情を聞きたいんだが、今週末の土日では、もう一人の方がどうしても都合がつかなくて困るということだったので」

「もう一人？」申し合わせたように声を揃えて、二人が問い返した。しかし、続く言葉はかなりニュアンスが違った。

「〃お母さん〃のこと？」

「あの女も来てるのかよ？」

「あの女」武上が繰り返すと、加原律子は咎《とが》めるように素早く稔を見た。稔はいかにもカンに障ったというふうに口元を歪めた。

「また一人で良い子ぶってんじゃねえよ。おまえだって嫌いなんだろ、あの女」

律子はぎくりと固まったようになっている。

「疑ってンだろ？　あの女のこと。メール送ったんだろ？　おかげでこっちは、あの女に泣きつかれてタイヘンだったんだ」

「何のこと？」律子は激しくまばたきをした。鮮やかなブルーのシャドウで彩られたまぶたが震えている。

稔は意地悪そうに口の端を吊り上げた。「おまえ、あの女に訊いたんだろ？　あんたが所田さんを殺したのかって」

（あんたが殺したの？）

加原律子は叫んだ。「違うわ！　それは違う！」

所田一美がぐいと身を乗り出した。椅子がずれるほどに激しい動きだった。ちか子は反射的に彼女の椅子の背に手を置いた。

「あ、ごめんなさい」一美はびくっとした。

「音をたてちゃまずいよね？」

「いえ、大丈夫よ。こちらで多少ガタガタしたって、向こうには何も聞こえないから」

「そう。良かった」

目元にかかった髪をはらいのけると、首をかしげた。

「あれが〝カズミ〟なのね？」

「そのようね」

「本名は全然違うじゃない。どうして〝カズミ〟なんて名乗ってたんだろ」

「そのあたりを、順々に聞き出してくれるのを待ちましょう」

取調室の武上は、手を振り回して騒ぐ律子を宥めている。律子はしきりに帰る、帰ると繰り返し、稔はバカにしたように足を脇に投げ出し、棘《とげ》のある視線でミラーの方をちらっと見た。その目が一瞬ちか子の目をとらえ、すぐに通り過ぎた。

「嫌なヤツ」と、一美が呟いた。この娘の身体のどこから出てくるのだろうと思うほど、恨みがましい声だった。

武上が何とか律子を椅子に戻した。彼女は手で顔を拭っている。目元が涙で光っているようだ。

「ウソ泣きね」と、一美は決めつけた。「ああやってメソメソ泣けば、オヤジはみんな言いなりになると思ってんのよ。またそれに引っかかるバカなオヤジばっかりだからさ」

「取調室ではそうはいかないから」と、渕上巡査がやわらかくとりなした。だが一美は引かない。

「わかったもんじゃないわよ。警察なんかオヤジの集団じゃない。いちばんガードが甘いかもね」

「まあ、そうねえ。でも、とりあえず武上さんは大丈夫だと思うわよ」

「どうして？」一美は鋭くちか子を見た。

「お嬢さんがいるからよ。大学生だったかな。だから、女の子の繰り出す手練手管のことも、少しはわかってるんじゃないかな」

「わかってるわけないわよ。自分の娘のことなんか、もっとわかってるわけないわよ」

ちか子は黙った。取調室では、ようやく武上が加原律子の住所と氏名、学校名など身元の確認をしている。

その様子を、ミラーに目を据えて睨みつけていた一美が、はっと我に返ったように携帯電話を手探りし、また親指を動かし始めた。

ちか子は淵上巡査を見た。若い婦警もちか子を見ていた。

「少々混乱気味だが」

武上はオホンと言った。

「すまないね、どうか落ち着いてくれないか。場所が悪かったかな。確かにここは取調室だけれども、だからといって君らを容疑者扱いしているわけではないんだからね。我々はただ、所田さんを殺害した犯人を見つけるために、生前の彼と親しくしていた人たちから、できるだけ詳しく事情を訊きたいと思っているだけなんだよ」

北条稔はふてくされたように脚を組み、爪先をブラブラさせている。加原律子は涙を拭ったものの、引きつった顔で膝の上のリュックにしっかりとつかまっている。

「さて、加原さん」

武上が話しかけると、彼女はさらに強くリュックをつかんだ。関節が白く浮いて見える。

「北条君の話だと、最初に所田さんとネット上で親しくなったのはあなただということだけれども——それに間違いはないかな？」

律子は咎めるように横目で稔を見た。それから小さくうなずいた。

「いつごろ、どういう経緯で親しくなったんだろうか。君がインターネットを始めたのは、それほど昔のことじゃないんだろう？」

武上は黙って待った。それでもずっと律子が口をつぐんでいるので、もう一度質問を繰り返そうとしたとき、

「一年くらい前に——」と、彼女はしゃべり出した。「パソコンを買ってもらって」

「ご両親に？」

律子は栗色の髪をさらりと流してかぶりを振る。「ホントはあたしが買ってもらったんじゃなくて、母が買ったんですけど」

「ほう、お母さんはコンピュータに詳しいのか」

「全然」と言い捨てて、「ただ見栄っ張りなだけ。インターネットとか、知ってるふりして自慢したかったんじゃないかな。そういう人なの。何でも他人より先にいってないと気が済まないっていうか」

「でも、一年ぐらい前に始めたんじゃ、インターネットに関してはむしろ奥手の方だった

ろう？」

「そうですよね。母の友達に、自分でガーデニングのホームページを開いてる人がいて、その人に対抗したかったみたいです。子供みたいでしょ。だから、ちょっとやってみて、ホームページを作って運営していくってことがどんなにタイヘンかってわかったら、すぐにやめちゃったもの」

「それでそのパソコンを君が使うようになったわけか」

一美はうなずいた。「ネットは面白いよって、友達に言われて」

「どんなふうに面白いんだろうね」

「どんなって？」

「興味のある事柄について調べてみたりするわけだろう？」

「別に、そんなにちゃんと考えてたわけじゃないですよ。いろんなホームページをのぞいて——雑誌をパラパラやるみたいな感じかな。だけど雑誌と違って動いてるから面白い。文字が並んでるだけじゃなくて、そこに人がいて、やりとりしてるって感じが伝わってくるから。でも、掲示板もチャットルームも、あたしはずっとROM《ロム》してた」

「ロム？」

稔が鼻先で言った。「リード・オンリー・メンバーだよ。読んでるだけで参加しないってこと」

「なるほど。それなら確かに雑誌みたいなものだな」武上はうなずいた。「君は携帯電話を持ってるだろう?」

律子は「はい」と答えてから、ちょっと警戒するように目元をきつくした。「どうしてそんなこと訊くんですか?」

「いや、私の頭が古いのかもしれないが、女の子がパソコンを使って楽しむというのが、どうもピンとこないんだよ。メールをやりとりして大勢の友達を作ったりする程度なら、携帯電話だけで充分じゃないかと思ってね」

なんだそんなことかというように、律子はやっと微笑んだ。「ケイタイ、あんまり使うとお金かかるもの。うちのパソコンなら、通信にかかるお金は親持ちでしょ。家に置いてあるものだからさ」

「君のご両親は、君のお小遣いの使い方に厳しいのかな?」

「うるさいです。すっごくうるさい。ケチだし」

加原律子は会社員の父親と専業主婦の母親との三人家族である。兄弟姉妹はいない。一人娘で経済的に甘やかされているかと思いきや、逆だというのだ。

「ケチか。しかしそれだと、洋服やアクセサリーをお小遣いのなかから買うのは大変なんじゃないかね」

「そういうのはまた別なの。母と買い物に行けば、たいていは何でも買ってくれる」

「ほほう。寛大だね」

「自分も買い物ばっかりしてるから、あたしにだけダメとは言えないでしょ。着るものは兼用したりするし」

「お母さんと君で？」

「そうです。うちの母、出歩いてばっかりいますから、ファッションにお金かかるの」

「今、着ているものもお母さんが買ってくれたのかね？」

律子はちらりと自分の出で立ちを見直した。

「そうね。ネックレスだけは違うけど」

所田一美がつけているのとよく似たネックレスである。

「それは流行のデザインかね？」

「これ？」律子はネックレスの端をつかんでブラブラさせた。「さあどうかな。わかんない。デパートで見て、気に入ったから買っただけだもの」

なるほど――と言って、武上は顔の前で指を組み合わせた。

「話を戻すが、そうやってリード・オンリーだった君は、何かきっかけがあって、自分も書き込みをするようになったわけだよな？」

なぜかしら律子は、諮《はか》るようなまなざしで稔を見た。何を訊きたかったのかはわからない。稔の方は、律子の問いかけに気づく様子もなく、自分の爪先を見ている。

「映画の、ね」と、律子は言った。

「映画？」

「そう。映画ファンの人が集まってる掲示板を見つけたの。そこの雰囲気が良かったから――仲良しって感じで――ちょっと書き込んだの。あたしも映画、嫌いじゃないし」

「いつごろのことだい？」

「パソコンをいじるようになって、二ヵ月くらい経ってたかなぁ……」

「そうすると去年の六月ぐらいかね。今から十ヵ月ほど前だ」

「そうかな――」

自信なさそうに語尾を濁して答えつつ、律子はまた確認を求めるように稔を見た。今度は彼も気づいた。

「北条君が何か？」と、武上は追いかけて尋ねた。

「え？　ううん、違う。なんでそんなこと言うんですか、刑事さん」

「君がさっきからちょいちょい北条君の顔を見るからさ」穏やかに言って、武上は笑った。

「彼に訊かないとわからないことがある？」

「そんなんじゃねえよ」稔は吐き捨て、律子の方に顎をしゃくった。「ただ、こいつはこういう性格なんです。ウジウジウジウジして、何でも他人に頼るんだ」

「だって──」

　律子はみるみるうちにしおれてしまい、またリュックをいじり回し始めた。北条稔は、ほとんど憎んでいるかのような険しい顔でそんな彼女を見やると、わざとらしくため息をついて、武上に向き直った。

「その映画ファンのホームページ、〝シネマ愛ランド〟っていうんですよ。主催者は別に映画やテレビ業界の人ってわけじゃないんだけど、試写会マニアってのかな、ほら、ラジオやテレビで試写会のお知らせってやるじゃないですか。抽選で百名様ご招待とか」

「ああ、あるな。タクシーのなかにも応募ハガキが置いてある」

「そうそう。ああいうのに応募して試写会に行くのが大好きな人でさ。またよく抽選に中《あた》るんだよ。コツがあるらしいんだけど。で、自分のホームページに、新作映画の感想とか早めにアップするんだ。試写会の様子がどんなだったとか。たいして面白いわけじゃないんだけど、まあマメに更新してるし、便利なこともあるから、けっこうのぞきにきたり書き込んだりしてる人が多いんだ」

「なるほどな」

「映画論をやるようなゴリゴリのマニアが集まってるわけじゃないから、テレビやビデオで観た映画の感想なんかでも気楽に言い合えるような感じでさ」

北条稔は椅子にもたれて脚を組み直すと、

「僕も時々のぞいてた。だから、こいつが所田の〝お父さん〟と知り合ったころのことも知ってるけど、刑事さんはやっぱ、それ本人から聞きたいんでしょ？　話には順番てもんがあるんだからさ」

「そうだね。話してもらえるかな」武上はやわらかく律子に問いかけた。「今の北条君の説明からすると、君は所田さんとその〝シネマ愛ランド〟で知り合ったんだね？」

「そうだけど……」

「お嬢様ぶってモジモジしてんじゃねえよ」

稔は毒づいて、律子を荒っぽく肘で小突いた。律子の膝の上からリュックがずり落ちそうになり、彼女はあわてて腕で押さえた。

「お嬢様ぶってなんかいないわよ」ますます小声になってゆく。「だけど、正直に話したら、刑事さんビックリしちゃって、あたしたちのことヘンだって思うんじゃないかって」

「我々はめったに驚かないし、変だと決めつけることもしないよ」

武上は穏やかにそう言って、不安気な律子の眼差しに、わざわざ徳永の方へ身をよじり、

「そうだよな？」と問いかけた。

「たいていは」と、徳永は答えた。

「自意識過剰のお嬢サマ」稔が唄うように呟いた。

「まあ、そう意地悪な言い方をするもんじゃない」武上は宥めた。「加原さんが可哀想だよ」

それでようやくホッとしたのか、律子はリュックから手を離し、きちんと座り直しながら、椅子を引き寄せ机に近づいた。武上との距離が二〇センチほど狭まった。

「刑事さん、『カチューシャの愛』っていう映画、観ました？」

武上は観ていなかった。「ロードショウにはほとんど行かなくてね」

「あたしも、これはテレビで観たの。ＢＳで。中国の映画なの。単館ロードショウでね、あんまり話題にならなかったんだけど、この映画を撮った監督が、次の作品でアカデミー賞にノミネートされて、それで前の作品がテレビで放映されて」

「タイトルからすると恋愛映画のようだね」

「そういう部分もちょっとあるけど、家族がテーマの映画なのよ。主人公は上海に住んでる若い女の子で、恋人のお母さんが死んで、形見にカチューシャをもらうの。そのお母さ

んは、主人公の女の子が自分の息子と結婚することに大反対してたんだけど、どうしてか、若いころから大事にしてたカチューシャを残してくれるのね。思い出の品らしいのよ。それで主人公は不思議に思って、恋人と一緒にお母さんの過去を調べ始めるわけ。そうすると、恋人はお母さんの本当の子供じゃないってことがわかって、今度は恋人の本当のお母さん探しの話になって」

「面白そうだね」

「それでそのカチューシャは、主人公の恋人の本当のお母さんのものだったたってことがわかるんだけどね。他にもいろんな事があって、最後には、亡くなったお母さんがどうして主人公と恋人の結婚に反対してたのかっていう謎も解けるの」

律子はそこまでスラスラと話すと、いったん言葉を切って、指先をくちびるに押しあてた。形の整ったきれいな爪が見える。マニキュアは淡いピンク色だ。

「中国の映画を観たのは初めてだったんだけど、すごく感動したの。なんて言うか――自分の親のこと考えたっていうか？　お父さんやお母さんにも若いときがあって、そのころはどんなだったかってことを子供が知るって、なんか良いなって思った。あたしはそれまで、そんなの考えたことなかったから。あたしが生まれる前とか、結婚する前の親の人生のことなんかさ」

「お母さんとは仲良く買い物にも行くんだから、いろいろ話をしたりしないのかい？」

律子は強く首を振った。「そんな話なんかしたことない。真面目に話し合ったことないもの」

律子の口が滑らかになってきた。

「うちはずっとそうなの。三人で住んでるけど、お互いのことには干渉しない。お父さんは忙しくってほとんど家にいないし、お母さんも自分のことばっかりにかまけてるしね。ファッションとか芸能人のこととか、つまんないことはしゃべるよ。だけど大事なことは言ってもしょうがないの。高校受験の時だってそうだったもの。あたし推薦入学だったんだけど、お母さんは先生に任せっきり。先生が入れるっていう高校に入ればいいんじゃないって感じだった。

ちょっと悩んじゃったり、友達と嫌なことがあったりして相談したりするじゃない？そういうときも、本気になって聞いてくれないのよね。面倒くさいって顔して。お小遣いのことにうるさいのも、うちから出ていくお金にうるさいってだけよ。たとえばあたしが友達からもらったものとかあって、それが高いものでも、買ったんじゃなくてもらったんだよって言えば、アラそうみたいな感じ。だからあたし、うちではずっと一人よ。あたしだけじゃなくて、お父さんも一人、お母さんも一人」

「お父さんとお母さんは円満かね？」

「ケンカはしないよ。だってお互いに無関心だからさ。だから『カチューシャの愛』を観て考えちゃったの。うちの親、この二人だって昔は恋人同士だった時期もあったわけでしょ？　そのころはどんなふうだったんだろ。今はあたしのこと無関心だけど、あたしが赤ん坊のときはどんなだったんだろ。あたしにとってこの家は何なんだろ、親にとってあたしは何なんだろ、とか」

それらの感想を、〝シネマ愛ランド〟の掲示板に書き込んだ。するとすぐに、複数の人びとから反応があったという。

「自分の考えてることを言って、それにいろいろ言ってもらえるって、すごく楽しいって初めてわかったの。〝アラそう、勝手にやれば〟っていうんじゃなくて、あたしが一生懸命考えたことを、一生懸命受け止めて返してくれる人がいるって、嬉しくって」

律子の目が輝いている。

「うちでは親はこんなふうに無関心で、寂しいんだとか、今まで誰にも言わなかったようなことまでいっぱい書いちゃった。それにもやっぱりいっぱい意見がきて、他にもこんな映画を観るといいよとか薦めてもらったり、寂しくても負けるなって励ましてもらったり、ホント楽しくて――」

ようやく明るい顔になった。

「君はそこでは、最初から〝カズミ〟というハンドルネームを使っていたんだね？」

「ええ、そう」

「どうしてまたその名前に？　ハンドルネームとしてはおとなしいものだよな」

「小さい時に仲が良かった友達の名前なんです。カズミちゃん。その子は平和の和に美しいって書いたんだけど。小学校四年生のときに、大阪に転校しちゃった」

「懐かしいからその名前を使ったわけだ」

「うーん」律子はちょっと考え込んだ。「そうじゃないな……憧れかな。あたし、小さいころ和美ちゃんになりたかったのね。すごく良い子だったの。優しくて可愛くて、でもハキハキしてて、みんなに好かれてて。家に遊びに行くと、お母さんもとっても優しくて」

稔がまた鼻先で嘲《あざけ》った。「ね？　こいつはいつでもこうなんですよ。少女マンガだよ」

武上は続けた。「すると、ハンドルネームの〝カズミ〟には、それ以上の深い意味はないわけだ」

「ないですよ。全然」

「所田さんのお嬢さんの名前が一美さんだというのは、まったくの偶然だと？」

律子は目を大きく見張り、しっかりとうなずいた。「ホントに偶然なの。ビックリでしょ。でも、その偶然がそもそものきっかけになったんだけどね」

律子イコール〝カズミ〟は、シネマ愛ランドの掲示板やチャットルームで、心の内を打ち明けるようになった。自分に自信が持てないこと。学校もつまらないし、友達とは表面的な付き合いしかできず、親友ができないこと。ボーイフレンドもいない。このままでは将来が不安で仕方がない。自分の人生なんて、空っぽのまま過ぎてしまうのじゃないか。

そんな不安を相談する相手もいない。両親とはどんどん距離が離れてゆくばかりだ。父は家庭には無関心だし、母も冷たい。母は自分を友達のように扱うけれど、それはその方が母にとっては楽だからだし、都合がいいというだけだ。けっして親身にはなってくれない。誰も彼も。

「あたしには居場所がない――ずっとそう感じてるって書いたの。そしたら、大勢の人が慰めてくれたり、お説教してくれたり、アドバイスをくれたりしたわ」

そのなかに〝お父さん〟がいたのだという。

「カズミ、お父さんだよって――そういう書き出しだった」

律子の目の色が、急に潤んだ。

「おまえがこのサイトに出入りしていることを、近頃知った。書き込みを読んで驚いた。お父さんはおまえのことを何も知らなかったし、そのためにおまえにひどく寂しい思いをさせていたんだね、ごめんよ」

　語尾がかすかに震えている。いかにも芝居がかった感動ぶりだ。

「そんなふうに書いてあったの。あたし――嬉しくて泣きそうになっちゃった」

　武上は片方の頬をふくらませた。「それほど感激したわけか。しかし、それはなぜかな。その〝お父さん〟が、君の本当のお父さんかもしれないと思ったからかい？」

　アハハと笑い出して、律子はかぶりを振る。

「まさか！　そんなの一瞬だって思わなかったわ」

「まったく？」

「ぜーんぜん。ネットでそんなことが起こるわけないもの」

「そんなものかね？」と、武上は北条稔に問いかけた。「親子が偶然出会うってことも、ありそうな気がするんだが」

　稔は鼻白んだ顔をして、

「お互いにハンドルネームを教えあってでもいなかったら、出会ったってわかんないよ」

「しかし、この場合は〝お父さんだよ〟と名乗ってるわけだから」

「名乗るだけなら誰でもできる。現に、この〝お父さん〟が所田さんだったんだからさ」

　そう、事実はそういうことである。しかし武上には疑問なのだ。一瞬たりとも、〝ひょっとしたら本当に自分の親が書いているのかもしれない〟と期待することなく――つまりその可能性については頭から切り捨てながら、なおもその呼びかけに感動することができるという心の有りようが。

「刑事さんがピンとこないのは無理ないかもしれないけど、ネット上じゃ、こんな感じのさ、〝私が話題になっている当の本人です〟とかいうのは、ほとんどが嘘に決まってるっていうのが常識なんだ」

「そうそう、そうなの」律子も笑顔で続けた。「だから、〝お父さん〟がこうやって現れてあたしに呼びかけたとき、掲示板じゃちょっと大変なことになっちゃったの。〝お父さん〟に、〝カズミさんに対してそんなイタズラをするのは良くない〟って怒る人が出てきちゃったりして。あたしも、お節介なヤツから、〝ああいうリアクションを真に受けてはいけない〟〝ごっこ遊びはやめなさい〟って言われたわよ」

武上は静かに問い返した。「しかし君は、その忠告を聞かなかった――？」

律子はあっさりと認めた。「そ、全然聞かなかった」

「〝お父さん〟本人に、君はどんな返事をしたんだい？」と、徳永が割り込んできた。興味津々という顔である。

「お父さんにわかってもらえて、あたしも嬉しい、これからは何でもお父さんに話して、お父さんにとって日本一の娘になりたいっていうようなことよ」

律子はスラスラと答えた。得意げに酔っているような彼女の口振りに、北条稔はますますゲンナリと顔をしかめ、徳永は、今度はその二人の顔を見比べて楽しんでいる。

「それで父娘《おやこ》になったわけか」

「そうよ。ステキじゃない？」

「現実にはありそうにない父娘関係だとは思わなかった？」

「なんでそんなこと気にしなくちゃならないの？　ありそうでもなさそうでも、あたしにとってはステキなことなんだから、別にいいじゃない」

「それにしちゃ、さっきはずいぶんビクビクしていたよね。我々にヘンだと思われるんじゃないかってさ」

律子はぐっと詰まって、きつい目で徳永を睨んだ。「おかしなふうに疑われたりするとイヤだからよ」

「そうだったかな」

「そうよ。ねえ、あなたは記録係なんでしょ。ベラベラしゃべらないで黙ってたら？」

はいはいスミマセンねと口のなかで言って、徳永は苦笑した。

老眼鏡をはずし、曇ってもいないレンズを丁寧に磨いてまたかけ直し、

「シネマ愛ランドの他のメンバーの人たちは、君たちに忠告を退けられて気分を悪くしたろうね?」と、武上は尋ねた。

「ごちゃごちゃ文句を言う人はいっぱいいたわよ。だけど、関係ないもん」

「なるほど」

「〝お父さん〟と〝カズミ〟は父娘。ネットの上で、あたしにはお父さんができたわけ。ずっと欲しかったタイプのお父さんがね。そのことで、赤の他人に文句言われることはないでしょ?」

悩み事を聞いてくれる、真摯《しんし》に相談に乗ってくれる、物わかりがよくて優しく、娘の幸せをいちばんに考えていると、言葉に出して美しく表現してくれる〝お父さん〟ができたのだから。

しかし、その〝お父さん〟も赤の他人なのであるが。

「だから、あたしたちのことに口出ししないでって言い返してやったの。そしたらみんな黙ったわ」

「みんな、こいつらバカだと思ったんだよ」親指の先で投げやりに律子をさして、稔は言った。「おままごとをしたけりゃ勝手にどうぞってなもんでさ」

突然、今までの笑顔とはまったく違う意地悪なニヤニヤ笑いを浮かべて、律子は稔の顔をのぞきこんだ。「そうね、他のみんなはね。でもあんたは違ったじゃない？」

フンと鼻息を吐くと、口元をひん曲げて、稔は両足を投げ出した。彼が何か言い出す前に、律子が先回りして武上に言った。

「あたしと〝お父さん〟が仲良し父娘になって、半月も経たないうちだったわよ。この人があたしの弟の〝ミノル〟だって名乗りをあげたの」

9

一瞬、しいんとした。

「からかってやろうと思ったんだよ」

北条稔は唸るような声で言った。瘦せた肩をいからせて腕を組み、激しく貧乏ゆすりを始めた。

「こいつらがベタベタ父娘ごっこをしてさ、歯が浮くようなことばっかり言ってるから、ちょっかい出してやりたくなったんだ」

律子は笑っている。「ウソばっかり。あたしたちが羨ましかったんでしょ？」

稔が立ち上がりかけたので、武上はさっと手を伸ばして彼を制した。

「大きな声を出すのは良くないね」

稔は武上の掌を見て、武上の顔を見て、急に冷めたようになって椅子に戻った。「すみません」

「謝ることはない。落ち着いて話ができればそれでいいんだからね。加原さんも」

律子は笑みを引っ込めた。一度立ち上がると、わざとらしく椅子を動かし稔から離れた。

「君が君自身の意志で〝弟のミノル〟として名乗りをあげたというのは事実なんだね?」

武上の問いに、稔がうなずくまでちょっと間があった。

「それはやはりシネマ愛ランドのなかで?」

「――そうです」

「掲示板に書き込んだ?」

「うん」

「どんなふうに書いたのかな」

律子が口を開きかけたので、武上は今度は彼女に掌を向けた。稔はすべすべとした眉間に無理にシワを刻み、しばらく机を睨んでいたが、

「ロードショウをさ」と、低く言い出した。「父娘二人で観に行ってきましたとかいうからさ」

「〝カズミ〟と〝お父さん〟がだね？」

「そう。何の映画だったかな。デ・ニーロの新作だったかな。よく覚えてない。タイトル思い出せないよ」

「かまわないよ。それで？」

稔はちょっと肩を上下させた。「父娘でベタベタしてるけど、あんたらには他に家族もいるんだぜ、弟の俺のことを忘れてんじゃねえの？　っていうような感じだったかな」

「〝カズミ〟と〝お父さん〟はどんなふうに反応した？」

「あら、ミノルとか」

「一緒に観に行こうって誘ったのに、来なかったんじゃないのって書いたのよ」と、律子が言った。「〝お父さん〟は、何だミノルもこのサイトに来てたのかって。それから三人でチャットルームに移ってしゃべったの。けっこう野次馬が大勢来たわ」

他のメンバーも、新手の〝弟〟の登場に興味を惹かれたのだろう。

武上は律子に尋ねた。「彼の言うことに間違いはない？」

「うん。でも映画は違うわ。デ・ニーロの新作じゃない。ケビン・スペイシーがアカデミー賞をとった作品のことを書き込んだの」

徳永が言った。「『アメリカン・ビューティ』だね」

「そう。記録係の刑事さんは映画が好きなの？」

徳永は答えず、「あれは家庭崩壊の話だ」とだけ言った。

「〝カズミ〟と〝お父さん〟は、本当に二人で『アメリカン・ビューティ』を観に行ったのかね？」

「違うわよ。刑事さん、まだよくわかってないみたいね。だってあのころは、あたしはまだ〝お父さん〟がどこの誰だか知らなかったんだから」

「だったら、一緒に映画を観たなんていう話を創るのは難しいんじゃないかな」

「そこは何ていうか、呼吸をあわせるのよ。あの時も、確か前の日だったかな、〝お父さん〟からあたしに〝『アメリカン・ビューティ』を観たよってメールがきたの。あたしは観てなかったけど、雑誌で内容は知ってた。だから調子を合わせて返事を出した。そしたら〝お父さん〟がそれを元に、シネマ愛ランドの掲示板に、娘と観に行きましたって書いたってだけのこと」

律子はバカにしたように口元だけで笑った。

「そんなに難しいことじゃないわよ」

難しくはないが不可解だ。

「で、君も〝お父さん〟も、弟だと名乗る人物の登場を、そんなに驚かなかった？」

「あたしはちょっとビックリした。でも〝お父さん〟は驚いてなかった」

「なぜわかる？」

「そのときはわからなかったよ。ずっと後になってオフ会で所田さんに会ったとき、聞いたの」

「君たちの〝家族会議〟だね」

「うん。あたしと父娘ごっこを始めたころ、そのうち誰かが家族の他のメンバーだっていって参加してくるんじゃないか、それなら面白いと思ってたんだって、所田さん、そう言ってた。家族は多い方が楽しいからって」

律子は北条稔に目を向けた。

「ミノルも一緒にいたんだから、知ってるじゃない。所田さんがそう言ってたの、覚えてない？」

稔は返事をしない。やがて小声で、

「ちょっかい出しに行って、挙げ句にこんなことに巻き込まれるなんて、俺もバカだ」と呟いた。

「ミノルはバカじゃないわよ」律子が急に優しい声を出した。「ただ寂しいだけ」

北条稔が脇を向いて「ケッ」と言った。武上には聞こえたが、律子の耳には届かなかったらしい。しみじみとした口調で、彼女は続けた。

「あたしたち、みんな寂しいの。現実の生活のなかじゃ、どうやっても本当の自分をわかってもらうことができなくて、自分でも本当の自分がどこにいるかわかんなくなっちゃって、孤独なのよ。心のつながりが欲しい。だからこそあんたも、〝お父さん〟に、現実の父親が与えてくれないものを求めて近づいてきたんじゃない。からかってやろうと思ったなんて、強がりよ」

北条稔は頭を持ち上げ、首をよじって律子を見つめた。薄い色の瞳が、窓から差し込む外光を受けてぴかりと光った。

「俺は、何よりも、そういうものの考え方が、いちばん、嫌いなんだよ」

一言一言、念を押すように短く切って、彼は言った。

「何が〝本当の自分〟だよ。俺はそんなものが欲しくてネットで遊んだりなんかしてねえよ。寝ぼけてんじゃねえよ、バカ」

律子はまったく動じなかった。憐れむような表情を浮かべている。

「あんたの強がり、あたしは嫌いじゃないわ。強がってないといられないのよね、寂しくて。それがよくわかるの。だからオフ会で顔を合わせて、ホントはあたしとあんたが同じ歳だってわかってからも、ずっとあんたのこと弟みたいに思ってきたの」

今もそう思ってるのよと、思い入れたっぷりに彼女は呟いた。


「痛ッ」

突然、所田一美が声をあげた。右手の指を調べている。

「爪が折れちゃった」

ちか子は彼女の手をとった。長く延ばしていた小指の爪の先が欠けている。形を整え、きれいに手入れしているのだから、普段はマニキュアも塗っているのだろうが、今は素《す》の爪で、脆《もろ》く見えた。

「そのままにしておいちゃ危ないですね。爪を切らないと」

渕上巡査が立ち上がりかけたが、一美は首を振った。

「切りたくない。絆創膏をくれない？　巻いておくから」

渕上巡査は素早く部屋を出ていった。ちか子はミラーの向こうに目をやった。カズミとミノルが言い合いをしている。ぽんぽんと言葉を投げているのはミノルの方で、カズミはまるで本当の姉が弟に説教でもしているかのような顔だ。

「おまえがそうやって何でもわかりきったようなことを言うのが嫌なんだよ」

「あんたは素直じゃないのよ」

所田一美は爪の折れた小指をくちびるにあて、じっと二人の様子を見つめていた。カズミとミノルの瞳には、二人が言葉にして表現している感情がそのまま映っているように、ちか子には見える。が、一美は違う。その瞳はただミラーに反射する光を跳ね返しているだけだ。姉弟を演じている二人を観察しながら、その眼は何も語っていない。

「どうかしら」ちか子は静かに声をかけた。「二人の動作や表情を見て、声を聞いて、何か引っかかることはある？　記憶と照らし合わせてみて、腑に落ちるようなところがある？」

一美はちか子に横顔を向けたまま、小声で何か言った。よく聞き取れなかったので、ちか子は彼女に耳を寄せた。

「何？」

「――似てる」小声で言って、一美は左手の人差し指でミノルをさした。「彼、似てる。スーパーの駐車場で見かけた人と」

ちか子は手控えをめくった。「一美さんはそのとき、二人の話し声は聞いていなかったのよね？　距離があったから」

「うん。でも、話すときの手振りとか身体の格好とか、そういうのは見たもの。あの子、さっきこういう格好をしたでしょ」

一美は自分も机に両手をつき、立ち上がるような動作をしてみせた。

「乗り出して、前屈みになって、大声を出したとき」

武上に向かって、「疑われることなど何もない」と声を張り上げたときの動作だ。

「あのときに、間違いないって気がした。あの格好、運転席の人に窓越しに話しかけるときの格好と似てるじゃない？」

「そうね」

「あたし、スーパーの駐車場で父たちを見かけたのはいつごろのことだって言いましたっけ？」

一美はまたちか子の手控えをのぞきこもうとした。ちか子はやんわりと避け、問い返した。「時期が気になる？」

「だって、それがあの人たちの最初のオフ会の前か後かってことは問題じゃない？」

「問題——」

「そうよ。もしもあたしが目撃したのが、オフ会で四人で会って、お互いの正体をさらしあう前の出来事だったなら、あのミノルってのは嘘をついてることになるじゃない。オフ会よりも前から、うちの父のこと知ってたってことになるでしょ?」

「ええ、そうね」ちか子はうなずいた。「その意味では、あなたがお父さんと見知らぬ人間が一緒にいるのを目撃したという証言にはすべて、時期の問題が絡んでいる。それは確かにそうですよ」

一美は眉をくの字に曲げた。「だったらのんびり構えてないで、さっさとそのこと確かめてよ」

気色ばんだ口調に、ちか子は宥めるように静かに応じた。「でも一美さん、あなたは三つのうちのどの出来事についても、目撃した光景は覚えていても、時期については記憶がはっきりしないと言っているのよ。いっぺんにいろいろなことを聞かれたから混乱してしまって、覚えていないんでしょうね」

「あたし、言ったわ。時期のことも言った」

「この半年ぐらいのあいだ――という、漠然としたことなら話してくれたわね」

「もっと詳しく言ったわよ!」

淵上巡査が戻ってきて、一美に絆創膏を差し出した。一美はちか子とのやりとりに気をとられているのか、受け取っただけで掌に握り込んでしまった。

「一美さん」ちか子は軽く彼女の肩に手を乗せた。「あんまり思い詰めないで。細かな事実関係を調べるのはわたしたちの仕事なんですよ。あなたには、ただ、今日ここへ呼ばれる人たちとあなたが見かけた人たちが似ているかどうか、加原さんや北条君の顔を見て、声を聞くことで、何か新しく思い出すことがあるかどうか、確かめてほしいだけなんですよ」

一美は肩をひと振りして、ちか子の手を払い落とした。そして絆創膏のシートを剝《は》がし、欠けた爪に巻き始めた。

「ごめんなさいね」と、ちか子は言った。自然にその言葉が出てきたのだ。嘘偽りのないちか子の気持ちだった。

一美はちか子を見た。絆創膏が不格好に巻きついて、小指の先がおかしな形になっている。

「なんで謝るの？」

「あなたにこんなことを強いたのは良くなかったよねえ」

急にひるんだようになって、一美は目を伏せた。「ちゃんとやれるわよ」

「やれると思いますよ。あなたならね。でも辛い。辛くて当然よ」

ミラーの向こうでは、ふてくされたようにそっぽを向く北条稔を尻目に、加原律子が熱を込め、身振り手振りで武上に語っている。

「だって刑事さん、心は目に見えないものじゃない？　だけど人間なんて、顔を突き合わせていたら、顔しか見ないのよ。外側しか見ないのよ。本当の心のつながりは、そんなものを超えたところにしかないんだけど、友達だって親だって、あたしが笑ってたら、楽しいから笑ってるんだろうとしか思わないのよ。本当の自分を隠して調子を合わせてる——みんなと同じようなことを考えて、同じように感じてるふりしてる、そんな無理ばっかりしてるあたしのことなんか、気づきもしないのよ。誰もあたしのこと、一人の人間として見ることなんかないの。風景でしかないの。だけどネットのなかならば、心を打ち明けあうことができて、本当の自分でものをわかってもらうことができて——」

老眼鏡を鼻筋に乗せて、武上は黙って熱弁に聞き入っている。

「あたしもああいうの、嫌いよ」と、一美が言った。

「ああいうのって？」

一美は〝カズミ〟を指した。「心のつながりだの、ホントの自分だの、ふたこと目にはそういうことを言うヤツ。大嫌い」

ちか子は微笑した。一美は笑わなかったが、それでも、ちか子の笑みに同意のしるしを感じ取ったのか、横顔の線が柔らかくなった。

「あの〝カズミ〟は、うちの父と同じ種類の人間だもん。気があったはずよ。実の娘のあたしより、きっと意見があったんでしょうね。なんかすごく、納得できちゃった」

「だけどあなたは、ずっと腹を立てていたわよねえ？　お父さんがネットのなかで家族ごっこをしていたこと」

「誰だって怒るわよ。そうじゃない？　それとも怒るあたしがおかしいの？」

それはこれまでいちばん真摯な問いかけであるように、ちか子は感じた。

「お母さんは怒ってないわ。あの人はいつもそうなの。父の家族ごっこのことがわかったとき、あたしにこう言ったもの。〝お父さんは寂しかったのね。お母さんや一美には言えないことがたくさんあったのかしら。お母さんには、それをわかってあげることができなかったのね〟」

娘・一美は母・春恵の声色が上手い。顔つきまでそっくりになった。

「バカじゃないのって、あたし思った。なんでこの人こんなにお人好しなのって。おかしい？　そういうあたしの反応って、おかしい？　ねえ石津さん、あたしって冷血人間なのかしら」

ミラーの向こうの〝カズミ〟は今、しゃべりながら笑っている。ミラーのこちらの一美は、鏡のように澄んだ目でそれを見ている。その頬は微笑に緩むこともない。

「あたしにはわかってた。うちの父は、ずっと生きてたら、遅かれ早かれ母やあたしが父の〝家族ごっこ〟に気づくようにし向けてたはずよ。実は僕はこんなことをやっていたんだよ、それほどに寂しかったんだ、僕の妻と娘は僕の方を向いてくれなかったろ？　そうやってアピールするためにね。ネットだのメールだのって、道具立ては新しいけど、それは今までもずっとあの人がやってきた手口だもの」

ちか子は静かに訊いた。「お父さんのなすったことを〝手口〟と言ってしまうの？」

一美は一瞬もためらわずに即答した。「だってそうだもの。あたしは嫌というほどよく知ってるのよ」

十六歳の娘として？

「若い女の子が大好きで、浮気ばっかりしてたのだってそう。根っこはひとつよ。そういうドラマみたいなことばっかり続けてないと、生活していかれないのよ。そんなふうにしてはしゃいでいないと、生きてる実感がしないのよ。

石津さん、あたしね、小さい時には本当に父に可愛がられたの。チヤホヤちやほや、宝物みたいに扱ってもらった。だからあたし、父が大好きだったわ。父にとっても、あたしは自慢の可愛い娘だった。すっごく美しい関係でしょ？　父はあたしという娘じゃなくて、そういう美しい関係を愛してた。だから、あたしが幼くて自分の意思を持たなくて、お父さんの可愛い人形でいるうちは山ほどの愛情をかけてくれたってわけ。

お母さんから聞いてない？　父の浮気癖も、あたしが小さくて可愛い一美ちゃんだったころは、ちょっとおさまっていたはずよ。お母さんは気づいていたと思うけど。でもあの人はあの人で、そこから何か考えるってことをしないのよね。父がそういう女を選んだのか、もともとはおとなしいだけで自分の意見はちゃんと持っていた女を、父があんなふうに飼い慣らしちゃったのか、どっちなのか知らないけど」

一美は両目を天井に向けて、苛立たしそうに拳を振った。

「でも、あたしは違う。大人になれば自分の意見も持つし、父の自分勝手な思いこみにばっかり付き合ってはいられないのは当然でしょ。だけど父にはそれが嫌だった。あたしがいつまでも父の可愛いペットでいることばっかり望んでた。父の言うなりに、父が欲しがってるような娘に育つことばっかり望んでたのよ」

「所田良介さんは、あなたがどんな娘になることを望んでいたのかしらね」

ちか子の問いかけに、一美はさっと手を伸ばし、ミラーの向こうを指さした。熱弁もいささか同じ内容の繰り返しになりかけている、加原律子がそこにいた。

「ああいう娘よ。本当の自分を探したいだの、愛してほしいだの、理解してほしいだの、居場所がほしいだの、そんなことばっかり言ってる娘よ。一人じゃ不安でしょうがないって、すがりついてくる娘よ。だけどあいにく、あたしはそんな弱虫じゃなかった。あたしはあの人の子供ではあるけど、だからってあの人の人生の飾りものになるわけにはいかない。そんなの、絶対に我慢できない！」

武上のイアフォンに、石津ちか子の声が聞こえてきた。「ちょっと休憩してもらえますか？　一美さんが疲れているようなので」

武上は、しゃべり続けている律子を、軽く手をあげて制した。

「君の意見はよくわかった。このへんで話を本筋に戻したいんだがね、いいかな？」

「いいかなって」律子は口を尖らせた。「あたしはずっと本筋の話をしてるのよ。あたしたち〝家族〟の関係を——」

「わかった、わかった。それじゃ、とりあえず休憩をとろう。警察というのは無愛想なところだがね、コーヒーぐらいは出せる。喉が渇いたろう？」

一美は渕上巡査の差し出したハンカチは使わず、自分のバッグをかきまわして、ティッシュを取り出した。ここに来て、初めて涙を見せたのだった。

「大きな声を出しちゃってごめんなさい」

「いいのよ。気にしないで」

淵上巡査はミラーの向こうに目をやり、

「あちらの出入りが落ち着いたら、何か飲み物を持ってきましょうか。何がいい？　一美さんはダイエットコーラだっけ？」

一美はちょっと笑った。「警察でそんなもの出してくれるの？」

「自動販売機ぐらいはあるからねえ」と、ちか子も笑った。

タイミングを見計らい、淵上巡査が出てゆくころには、一美の涙も渇いていた。アイシャドウが少し落ちたが、化粧直しをしようとはしなかった。

「一美さんは、今何か将来について具体的な夢を持ってるのかしらねえ」

「なんで？」

「別に深い意味はないのよ。ただ、あなたは本当にしっかりした娘さんだからね。ちゃんと考えてるかなと思ったの」

少し考えてから、一美は答えた。「将来は——とにかく自立したい」

「仕事を持って？」

「そう。経済的に一人立ちするの」

「今の若い女の人は、よくそう言うわね」

「石津さんの世代じゃ珍しかったんでしょ」

「職種が限られていたものねえ。でも、あたしなんかは成り行きでこうなっただけでしたよ。一美さんみたいに自立を目指して仕事を持ったわけじゃないのよ。家の事情で、とにかく働かなきゃならなかっただけよ」

「あたしもそんなふうになれたら良かった。楽だったと思うわ。羨ましい」

ぽつりと言って、一美は笑った。

「友達にも言われるの。あたしは頭が古いんだって。石津さんぐらいの年代に生まれてたら、こんなことにはならずに済んだかもしれないわよね」

いい、いい、いい、こんなことがどんなことなのか、ちか子は訊かなかった。わざと訊かなかったことを、一美に気づかせないようにした。

「女の人が自覚して経済的な自立を目指すのは、古いことじゃないでしょう。今でなければできないことよ」

一美は首を振った。「ううん、そうじゃないの。自立を目指すこと自体じゃなくて、それ以前の問題。そもそも、そんなことをいちいち考えて人生を選ばなくちゃならないっていう面倒が、昔はなかったじゃない？　石津さんも今そう言ったじゃない。成り行きだったって」

いちいち人生を選ぶ。確かに、ちか子にはそんな余裕はなかった。しかし自分の娘のような世代に、その方が楽で羨ましいと言われることになるとは。

「あたしね、お母さんみたいにはなりたくないのよ」一美は粉飾のない口調で、残酷なことをさらりと言った。「一人の男にくっついて、まるで宿り木みたい。ぼんやり生きて、自分の人生なんかどこにもなくて。そんなの絶対に嫌なの」

「お母さんとその話をしたことはある？」

一美の目が丸くなった。「まさか！　いくらなんでもそんなこと、面と向かって言えないわよ」

「お母さんを侮辱することになるから？」

「うん、だってそうでしょ」

「でも、それは侮辱になるとあなたが思い込んでいるだけで、お母さんにはお母さんの意見があるかもしれないじゃない」

「あの人に自分の意見があるわけないわよ」一美は言い捨てた。「自分の意見が一ミリだってあったなら、あんなに次から次へと浮気ばっかりされて黙ってるわけない」

結局そこに行き着くのだなと、ちか子は思った。一美の怒り、一美の傷心。

「うちの父はね、一人の人間としてとか、人生の先輩としてとか、そういう台詞を吐くのが大好きだった。だけどそんなカッコいいことばっかり言いながら、自分がお母さんを裏切ってることについては何の反省もしてなかったし、そんなお父さんに、お母さんは黙って従ってるだけだった。いったい何なのよこの夫婦は、って思ったわ。あたしには理解できない」

「夫婦のことは、実は子供にもわからなかったりするのよ」

一美の目がちょっと晴れた。「あら、そういえばそんなことは言われた覚えがある」

「お母さんに？」

「うん。父の浮気があんまりひどいんで、お母さん離婚すればいいのにって言ったことがあったの——あたしが中学二年くらいのときだったかな」

「そんな年頃から、あなたはお父さんの浮気に気づいてたの？」

「わかるわよ。だって態度でバレバレだし、家にも電話がかかってきたりしたしね」

「そしたらお母さんは何て言ったの？」

「子供が親に離婚しろなんて言うもんじゃない、お父さんには良いところだってたくさんあるでしょ、お父さんとお母さんは夫婦で、夫婦には夫婦にしかわからないことがあるのよって」

一美は絆創膏を巻いた指を噛んだ。

「わからなくて幸せだって思っちゃったわ」

ちか子は笑った。「あなたには少し、早すぎる理屈だったかもしれないわねえ」

「あたしも結婚すれば、お母さんの気持ちがわかるってこと？」うんざりしたように、一美は目をつぶった。「わからないわ。わからないわよ。わかりたくもない。そもそも、あたしは父みたいな男とは結婚しないもの」

これはもちろん一美の一方的な言い分であり、まだまだ純で多感な魂の、強い思い込みからくる、ごく若い〝信念〟だ。

その分を割り引いても、しかしちか子はこう考えざるを得なかった。所田良介と、所田春恵と、所田一美の不幸の源。あまり大きな声で言われることはないが、厳然とした事実がそこにはある。親子にも相性があり、人間的に相容れなければ、血の絆も呪縛になるだけだということだ。

時間さえあれば、その呪縛を飼い慣らし、適当な距離を計り合い、互いを傷つけることなく暮らしてゆくこともできたかもしれない。だがその時間が、所田家には最早《もはや》ない。

名前：お父さん　09／18　00：19
タイトル：お父さんだよ
カズミ、お父さんだよ。
びっくりしているだろうね。でも本当におまえのお父さんだよ。おまえがこのサイトに出入りしていることを、昨日、偶然知りました。お父さんも驚いたよ。
おまえはここで、たくさんのいい人たちと知り合ったんだね。だから素直に心の内を打ち明けることができる。おかげで、お父さんもそれを知ることができた。
今まですまなかったね。お父さんは本当のおまえの気持ちを何ひとつ理解していなかった。これからはもっともっと話し合って、おまえと良い関係を築いてゆきたい。おまえはお父さんを許してくれるだろうか。お父さんの今の気持ちを受け入れてくれるだろうか。

10

ノックしてドアを開けると、所田春恵が顔をあげた。泣いていたらしく、目が赤い。ハンカチを握りしめている。

「いかがですか」と、ちか子はできるだけ優しく声をかけた。「ひととおり御覧になりました？」

「はい」春恵はうなずいて、急いでハンカチで目を押さえ、立ち上がった。「時間がかかってしまってすみません。いろいろ思い出したりしてしまって」

机の上に雑然と積み上げられていた品物が、きれいに整頓されている。丁寧に見た上で、春恵がそうしたのだろう。

「主人の私物は分けてあります。会社にお返しした方がよさそうなものは、こちらに」

机の右半分を手で示した。そのなかに、何かのコードのようなものが混じっている。春恵はそれを取り上げて、

「これはわたしには使い道がわからないものなのですけれど……」と、口ごもった。

「コンピュータと周辺機器をつなぐためのケーブルみたいですね」

「はあ、そうですか」

「ご主人はノートパソコンをお持ちでした。ご存じですね？」

「はい。でも、あれはここにはございませんね？」

「申し訳ございませんが、まだお預かりしているんです。でも、本体をお渡しできないのに、ケーブルだけここに持ってくるなんて、担当者は几帳面なんだか気がきかないんだか」

ちか子が苦笑すると、春恵も少し口元をほころばせた。

「わたしはコンピュータのことには疎くて……もともと機械は苦手なんです。主人に教えてもらってもわからなくて。そういう主人も、昔はまるで知識がなくて、職場で若い人に教えてもらってたらしいんですけどね。それじゃみっともないって、一念発起して勉強してました」

ちか子は、北条稔が「所田さんはコンピュータに詳しそうに見えてそうではなかった」と言っていたことを、ちらりと思い出した。

「ご主人はパソコン教室にでも通われたんでしょうか」

「いいえ、そこまではしませんでした。たくさん本を買い込んできて、夜中までパソコンに向き合っていた時期はありましたけど」

「いつごろです？」

「さあ……二年ぐらい前でしたかしら」

春恵は机の上に目を向けると、会社に返却する側に入れてあった本を取り上げた。表紙を見ると、インターネットの入門書のようである。

「これ、会社の総務課のゴム印が押してあるんですよ。借りっぱなしになっていたんですね」

「まあ、よくあることじゃありませんか」

春恵はそれをまた丁寧に机の上に戻した。

「紙袋か段ボール箱のようなものをいただけると助かるんですが」

すぐ用意しましょうと、ちか子は言った。

「ここにおられるあいだに、誰か参りましたか？」

「婦警さんがコーヒーを持ってきてくださいましたけれど……何か？」

「いいえ。お邪魔にならなかったかと思っただけです。それと、申し訳ないのですが、一美さんの方はまだ時間がかかりそうなんですよ。いかがなさいます？　お待ちになりますか？」

問いかけながら、ちか子は春恵の目のなかをのぞいた。何よりも知りたいのは、ちか子がここで、この場でそうやってのぞきこんだとき、春恵が逃げるかどうかということだったから、正面からのぞいた。

春恵は逃げなかった。その瞳には、母親らしい心痛の色が浮いているだけだった。

「待っていてもよろしいでしょうか」

「もちろんですよ。もう少し居心地のいい場所を用意しましょう」

「わたしはここでかまわないです。荷物も詰めたいですし。ただ、あの――」

遠慮がちに口ごもる春恵を励ますつもりで、ちか子は笑みを浮かべた。

「何でしょう？」

「一美は、本当に捜査のお役に立っておりますんでしょうか」

ちか子は手振りで、春恵に椅子を勧めた。傷心の母親は手探りでまた腰をおろした。

「そのことは、最初からずいぶん心配しておられましたね。でも、何度も申しますけれど、一美さんの証言は大切ですが、彼女一人に重い責任を押しつけるなんてことは、けっしていたしませんから――」

ちか子をさえぎって、春恵は首を振った。

「ええ、ええ、それはわかっております。ただあの――わたしは――今になってこんなことを思うなんて、親として無責任かもしれませんですけれど」

春恵の気持ちが、身体から言葉になって外へ出ようとして、出口を探しているのがよくわかった。ちか子は待った。

「今日ここにずっとこうしておりましたら、なんですか急に自信がなくなってきてしまって」

「自信？」

「はい。誰か知らない人間が夫と一緒にいるところを見かけた――それも何度も見かけたなんて、一美はまた何か勘違いしてるんじゃありませんかしら。勘違いというか、思いこみというか。ストーカーのこともそうでしたでしょう？」

ちか子はゆっくりとうなずいた。「なるほど、そういう意味ですか」

「ストーカーのことでも、警備していただいたりして皆さんにご迷惑をかけました。今度のことも、一美がただ見た、見たと証言するだけならなんですけれど、こんなふうに実際に人を呼んでもらって、面通しというんですか、こんなお手間をかけていただいて、時間もかかっておりますでしょ、それなのにまた間違いだったら――わたし申し訳なくて」

「そんなことはお気になさらないでください。どんな小さな疑問点でも、ひとつひとつ確認してゆくのがわたしたちの仕事です」

そう言いながら、ちか子はまた春恵の瞳の奥を見た。そこにはやはり、ちか子を裏切るようなものは見えなかった。言葉どおりの感情が、素直に映っているだけだった。

母親とは悲しい生きものだ。ふと、そう思った。わたしたち母親は、悲しい。置いて行かれる。取り残される。

不意に襲ってきたその感傷は、あまりに強かった。喉元までこみあがってきた言葉を、ちか子は無理に呑み込んだ。

「荷物を入れるものを探してきましょう」

そう言って立ち上がった。苦い自己嫌悪を嚙みしめ、春恵にそれを悟られないように、素早く廊下に出た。

内線電話が鳴ると、北条稔と加原律子が、揃ってビクリとした。少し過敏すぎるその反応に、武上はひやりとした。

徳永が受話器を取り、二、三言しゃべって武上を見た。

「ガミさん、ちょっと」

電話を代われという意味かと思えば、そうでなかった。外へ出ようというのだ。

「しばらく、君ら二人で留守番だ。私らがいない方が休憩になるだろう？」

武上がわざと気軽な口調で言うと、稔が憎まれ口を返してきた。

「どうせ見張ってるんでしょ？　留守番も何もないじゃんか」

律子が彼に小声で、「見張られてるって、じゃあたしたち容疑者なの？」と訊いている。

それを背中で聞いて、武上は取調室を出た。徳永が手振りで廊下の先を示す。急ぎ足でついてゆくと、角を曲がったところに、いきなり秋津が立ちふさがった。

「なんだ、おまえか」

秋津は手近のドアを開けて武上たちを押し込み、素早くドアを閉めた。どうやらそこは物入れのようで、狭い室内にゴタゴタと備品が詰め込まれていた。

「いったい何事だ？」

問うてから、武上は、真っ先に頭に浮かんだことを口にした。「ナカさんの容態が変わったか？」

「いや、違うんです。ナカさんは変わりありません」秋津があわてた。「そうじゃなくて――」

「出たそうです」と、徳永が言った。

「何が」武上は目を剝いた。

「ミレニアム・ブルーのパーカ」

秋津は不満げに徳永をぎろりと睨んだ。「いいところを横取りするなよ」

そんなことはどうでもいい。武上は呼吸を整えた。「どこから出た？」

大柄な秋津は武上の頭を見おろして、重々しく言った。「東高円寺駅から六百メートルほど北に、倒産して閉店したボーリング場があるんです。上北ボウルというんですがね。そのゴミ捨て場です」

武上は頭のなかで地図を描いた。東高円寺。ボーリング場。

「閉店は三ヵ月前のことなんですが、ご多分にもれず債権者と揉めてましてね。店は野ざらし状態で、ゴミ捨て場には場内から持ち出された備品やガラクタが山積みになっていたんです。それがやっと今朝から業者が入って処分を始めたら——」

ゴミの山のなかから鮮やかなブルーのパーカが出てきたというのである。

秋津は自分の胸から腹のあたりを手で示した。「一面に、べったりと血痕がついているそうです。日にちが経ってますから、腐っちまって鼻が曲がりそうなほど臭かったでしょうよ。作業員たちも最初はただ仰天して、そのうちに誰かが杉並の事件のことを思い出したんでしょうね。すぐ通報してくれたわけですよ」

「今のところはパーカだけか」

「そうです。遺留品関係の連中が押っ取り刀で出かけましたよ」

「そのゴミ捨て場は、外から出入りできるんだろうな」

「ボウリング場の裏手にあって、鉄柵で囲われてるだけだそうですからね。ゴミを投げ入れることはできるでしょう」

武上はゆっくりとうなずいた。

「それにしても、このタイミングで出てくるとはね」徳永が腕組みをした。「どっちに転ぶかわからないけど、何だか中本さんの執念みたいなものを感じませんか」

武上は拳を顎にあてた。

「どうします、ガミさん」

「俺が決めることじゃない」

「弱気なことを言いますね」秋津は鼻の穴をふくらませた。「らしくないな」

「俺はもともと小心者だよ。下島課長は？」

「俺が出てきたときには電話にかじりついてましたがね。取調室の方はどうなんです？」

「休憩タイムだ。秋津、石津さんを呼んできてくれ。所田春恵のところにいると思う。一階の小会議室だ。俺は課長と話す」

へいへいと言って、秋津は大股に去った。武上たちも物入れから廊下に出た。

「徳永、取調室に戻れ。何も言うなよ。淵上巡査にもまだ報せなくていい」

「わかりました」

「彼らを部屋から出すな。上手くやってくれよ」

「お任せを」

武上がとりあえず捜査本部のある訓示室に足を向け、階段を半階分のぼったところで、反対側から巡査が走り降りてきた。

「武上さん」

「話は聞いた。課長はどっちだ？」

「署長室です」

清潔な署長室には、立川署長と下島課長だけでなく、神谷警部も揃っていた。開口一番、神谷警部は徳永と同じことを言った。

「ナカさんの執念がパーカを掘り出したな」

「少々出来過ぎのようです」と、武上は応じた。「こちらは予定どおりに進んでいるのですが――」

下島課長は落ち着いていた。「様子はどうだね？」

「今はまだ何とも言えません」

「じゃあ予定通りじゃないじゃないか。始めてから二時間は経っているのに」と、立川署長が割り込んだ。「パーカが出てきた以上、もう止《や》めてもいい」

「パーカが出たことで事態が動くならば、止めてもいいと思いますが」武上は穏やかに切り返した。「A子の方はどうです？」

「こっちからは報せていない。遺留品班が出ていったから、記者たちにも気づかれてるだろうが、今は半端な時刻だから」

午後三時になるところだ。

「伏せておくならば、夕方のニュース番組までは時間が稼げる。テレビ屋さんが、臨時ニュースのテロップを出すほどのネタではないからな」

「A子に張り付いてる記者やレポーターから聞かされるかもしれませんよ」

「それで反応を見るという手はあるね。どっちにしろ、ものはゴミ捨て場から出てきたんだろ？　血痕鑑定はできても、毛髪や指紋はまずとれないだろう。品番から流通ルートをたどれれば文句なしに決まる話だが、それにはまた時間がかかる」

下島課長は武上たちにではなく、署長に言った。「パーカの発見を聞かされて、A子が動揺してベラベラしゃべり出しでもしない限りは、彼女については事態は何も変わっていませんよ」

それを聞いて、武上はほっとした。課長はまだ続ける気でいるのだ。

「東高円寺だそうですが、A子には土地鑑があるんでしょうか」

「これまでの取り調べのなかでは、高円寺近辺が出てきたことはない。しかし、それはそっちも同じだろう？」

「そうですね。こちらはパーカの情報を利用してもいいでしょうか」

署長が何か言いかけたが、下島課長の方が早かった。「いいとも。そっちの方が即効性がありそうだ」

立川署長の額にぐっとしわが寄った。「危険過ぎるでしょう。万が一それで確証をつかめたとしても、起訴後に弁護士につつかれるんじゃないか」

「騙すわけじゃないんだから、大丈夫ですよ。パーカが見つかったことは事実だ」

「しかし——」

「我々が欲しいのは自供です。いえ、それ以上です。できれば自首をさせてやりたい」武上は静かに言った。「葛西管理官にも、その主旨で許可をいただきました」

「そんなことは今さら言われるまでもない」

「パーカの発見で、その可能性が飛躍的に高まりました。このまま続けさせてください」

立川署長の顔が赤くなった。「A子の線も消えたわけじゃないのに、えらい自信だな」

「確証はもちろんありません。だからこそはっきりさせたいのです」

「お願いいたします」

後ろで声がした。一同は一斉に振り返った。石津ちか子がドアのところに立っていた。

「失礼しました。ノックしたのですが」

「所田春恵は？」

「一美さんを待つそうです」

「彼女も留め置いて正解だったな」

「とても不安そうです」ちか子は武上の顔を見た。「パーカのことは聞きました。わたしも、早く事を進めて結果を見極めたいと思います。続けさせてください」

武上とちか子は、並んで頭を下げた。たとえ捜査指揮官の許可はあっても、ここで立川署長の感情を害したまま進むわけにはいかない。後々まで悶着の種になる。

「これは、結局はおとり捜査になるわけですよ」と、立川署長はぼやくように言った。それも最初からわかっていたことで、今さら蒸し返しても仕方がないが、武上もちか子も黙って頭を下げ続けた。

「まあ、ここで止めても中途半端になりますかな」

弱気な口調で、署長は言った。そうですとも、と下島課長は請け合った。

「何も動かなければ、A子の線を詰めるだけです。よろしいですね？」

ちか子が安堵のため息をついた。武上は時計を見た。午後三時十五分。そろそろ休憩タイムを終了しないと、徳永が困っていることだろう。

廊下に出ると、神谷警部がきびきびと尋ねた。「ガミさん、鳥居と連絡をとったか?」

「いえ、まだです。向こうからも今はまだ何も言ってきません。ギリギリになるまで動くなと釘を刺してありますが」

鳥居も四係の刑事で、神谷警部の部下であり、武上の後輩である。

「パーカの件を持ち出すとなると、向こうに応援が要るだろう。あいつはこういう急展開に弱いからな」

鳥居は優秀だが少々融通に欠けるところがあり、過去に数回、事件関係者とトラブルを起こしたことがある。本人も自分の弱点については重々承知しており、反省もしているので、武上は今回、敢えて鳥居に役割を振ったのだった。

「秋津を遣《や》りますか」

「張り切ってるが、あいつだと鳥居の顔を潰すことになるだろう。私が行くよ」あっさりと、神谷警部は言った。「その方が話が早い」

武上は少し笑った。「無駄足になるかもしれませんよ」

警部の口の端が持ち上がった。「本気で言ってるのか?」

「いいえ。しかし、ほんの三十分前までは半信半疑でした。今でも、事実関係だけで考えれば、中本の説を信じていいのかどうか、自信がないですよ」

「それにしちゃ、署長にはえらく強気に出てたじゃないか。ま、強気で下手に出るのはガミさんの得意技だが」

「それはですから、さっき警部がおっしゃったのと同じですよ」

「中本の執念、か」

「ずっと見つからなかったパーカがこのタイミングで出てくるというのは、この事件に、我々の目には見えない道がついてるということじゃないでしょうか」

「かもしれない」神谷警部はうなずき、苦笑した。「しかし、捜査側のその種の思いこみが冤罪《えんざい》を生むんだと、研修で教わったろ」

「私が最後に研修を受けたのは十年も昔ですよ」武上は言った。「しかし、中本からは今でも多くを教わっています」

ぽんと武上の肩を叩き、「じゃ、連絡する」と言い置いて、警部は去った。

「参りましょうか」と、石津ちか子が言った。すっかり〝おっかさん〟の顔だが、その穏やかな笑みには、昔の面影があった。

送信者：お母さん　宛先：お父さん
件名：昨夜は楽しかった
昨夜は、新しい家の下見に連れていってくれて、ありがとう。何だか本当に自分の家の下見をしているみたいで、とてもワクワクしました。古い方の家がすんなり売れて、早く資金の目処がつくといいわね。
わたしは今まで、ホントに寂しい人生をおくってきました。これからも、そんなに変化はないと思う。だから、お父さんと知り合って経験できることは、とても貴重です。
なるべく迷惑にならないように、お父さんの生活の邪魔をしないようにしますから、これからもヨロシクね。

11

武上が取調室に戻ると、何が可笑しいのか加原律子が声をたてて笑っていた。北条稔はまともに苦り切っており、そんな表情だと、とうていハイティーンの少年には見えない。

「刑事さん、この刑事さん面白いね」

律子は机についた徳永を指さして言った。徳永は大真面目な顔である。

「中座してすまなかった」武上は席に着き、老眼鏡をかけた。イアフォンに、石津ちか子の声が聞こえてきた。

「再開ですね？　一美さんが加原律子に、前屈みになって小声で話させてみてほしいと言っています。できれば、こちらに背中を向けて」

武上は手元の書類に目を落としながらうなずいた。

「さて、と。〝カズミ〟〝お父さん〟〝ミノル〟の三人が揃ったところまでは聞かせてもらったわけだが」顔をあげて、律子と稔の顔を見比べた。「君らの親子ごっこというのは、三人であっちこっちのサイトに出入りして、その場その場で親子の会話をしてみせる――

というだけのことじゃなかったんだろうね？」

稔はぶすっとして言い返した。「わざわざそんなこと訊かなくたって、所田さんのパソコンを調べたんなら知ってるんだろ？　警察ってのは、わかってることでもわざと訊くっていうのは、ホントなんだな」

「メールのやりとりもしたし、あたしたちだけの家族の掲示板も作ったし、チャットもしたわよ。チャットって、オンラインでのおしゃべりのこと」律子が答えた。「所田さんが――〝お父さん〟が掲示板をレンタルしてくれたの。チャットサービスも」

「いつごろのことだね？」

「いつだった？　ねえミノル」律子は北条稔の方にしなだれかかった。「あたし、よく覚えてない」

稔は宙を睨んで考えた。「割とすぐだったよ。去年の十月ぐらいじゃなかったかな」

「それ以降、所田さんがそういう場の管理もしていたんだね？」

「そう。でも特にお金はかかってなかったと思うわ。そんなの、無料のがいくらでもあるから」

「そこは、言ってみれば君たち〝家族〟のマイホームだったわけだ」

「そうそう。刑事さん、うまいこと言うね」

「で、そこに〝お母さん〟が加わることになった経緯《いきさつ》は？」

律子はなぜかしら急にシュンとすると、横目で稔の表情を窺った。稔の方は彼女にかまう様子もなく、目をあげて武上を見た。

「彼女、迷い込んできたんだよ」

「迷い込む？」

「そ。俺たちがレンタルしてた掲示板に。〝家族〟とか〝家〟とかいうタイトルで検索して引っかかったんだろうね。年末だったかな。クリスマスのころだったかな」

瘦せた肩をすくめて、稔は武上に向かって口を尖らせた。「だけどそんなこと、本人から訊きゃいいだろ？　来てるんだろ、あの女。回りくどいことすんじゃねえよ」

「そうだな。じゃ、入ってもらおうか。一緒がいいだろう？」

「ねえ刑事さん」律子がそわそわし始めた。

「ミノルが言ったとおり、確かにあたし、あの人のこと疑って――」

武上は黙っていた。

「所田さんが殺されて、すぐにあの人からメールが来たの。お父さんが大変なことになったって。でもあたし、とっさに思っちゃったの。あのときは、ショックだったから、だからね――」

「あんたが殺したの？　とメールを打ち返したというわけかな？」

律子は縮み上がった。「そんなふうに言葉で言うと、すっごくキョーアクに聞こえちゃうじゃない」

「凶悪ではないが、聞き捨てならない反問だと思うがね」

「だからそれはね、勢いで――」

「俺たち、上手くいってなかったんだ」北条稔が素早く割り込んだ。そこには律子をかばうような意図が見えた。「ぎくしゃくしてた。ずっとね。それもわかってるんだろ？　所田さんのパソコンの中身を見たんなら、知ってるはずだ」

「確かに、君のメールがいちばん少ないね」武上は資料を見た。

「我々は、今年の一月十五日夜十時、彼が〝カズミ〟宛に送ったメールから、殺害される前日の四月二十六日の昼すぎ――昼休みに会社から送ったんだろうな――〝お母さん〟宛に送ったメールまでを見たんだが――」

「うへ」と、稔が肩をすくめた。

「所田さんは、〝カズミ〟と〝お母さん〟とは頻繁にやりとりをしているね。しかし〝ミノル〟は非常に少ない。月を追うごとに減っていってる」

「いいかげん飽きちゃったんだ」稔は言った。「僕はこいつなんかとは違って、現実の生活に不満があるからネットに逃げ込んでたわけじゃないからさ」

「あたしだって違うわよ」律子が言い張った。

「しかし、いいかげん飽きがきていたのに、君は四月三日のオフ会には参加しているよな？」

「最初のオフ会だよ。最後のオフ会にもなっちゃったけどさ。興味あったんだよ。どんな顔した奴らなのか会ってみたかった。だから出席したんだ」

武上は眼鏡越しに、じっと北条稔の顔を見た。稔は今までになく狼狽えて、椅子をがたがたいわせて脚を組み替えた。

「とりあえず、ちょっと君らには外してもらうかな。〝お母さん〟から話を聞いて、すぐにまた呼ぶから、別室で待っててくれないかね」

律子の顔が歪んだ。「あたしたちが一緒にいなかったら、あの女、勝手なことばっかり言うわよ」

「どんな勝手なことを言うのか、こちらとしては聞いてみたいね」

内線で巡査を呼んで、武上は二人を取調室から出した。少し足を引きずるようにして稔が先に出て行く。加原律子がそれに続こうとしたところで、武上は呼び止めた。

「ちょっと」

机を隔て、指先で手招いて、彼女が武上の方に身を乗り出すような格好になったところで、小声で言った。「小さい声で答えてくれ。君は北条稔を怖がってるか？」

律子は一瞬目を見開き、ささやくように答えた。「ちょっと怖い」

「彼を疑ってるか？」

「それは――」

「別室にいるあいだ、彼と話しちゃいかん。巡査をつけておくから、黙っていなさい」

「はい」

素直にうなずき、律子は逃げるように取調室を出ていった。

ちか子は一美の横顔を見た。顎を引き、くちびるを固く結んで、一美はミラーを見つめている。

「似てる」と、低く言った。「スーパーの駐車場で見かけたのは、彼女の方だったたって気がしてきた」

「北条君ではなくて」

「うん。駅のホームで見かけた人のことは、よくわからない。あたしの思い過ごしで、近所の人だったのかも。父は町内会の活動とかしてたから、近所の人ともけっこう愛想よく付き合ってたし」

「一美さん」

瞬間、自分の名を呼ばれたとは思わなかったのかもしれない。一美の反応は空白で、それからふっと目の焦点を失って、やっとちか子の方を向いた。「なあに」

「疲れない？」

「あたし？　大丈夫よ」

目にかかる髪を払いのけると、

「大丈夫。最後までやれる」と言い切った。

「早く〝お母さん〟とやらを呼んでよ」

バッグのなかをかきまわし、一美はブラシを取り出した。その拍子に、携帯電話が膝から滑り落ちた。彼女は急いでそれを拾い上げ、しっかりと左手に握りしめた。そして、怒っているような勢いでぐいぐいと髪を梳《と》かし始めた。

ちか子は彼女を見守りながら、穏やかに言った。「今日は午後からずっとここに詰めきりだけど、石黒君はあなたのこと心配していないかしらね」

一美の髪を梳く手が停まった。一呼吸おいて、返事がきた。「さっきメールくれたわ」

「そうか、それで返事をしたのね」ちか子は微笑した。「彼からのメールじゃ、そわそわしちゃうのも無理ないわねえ」

一美は黙って髪を梳き終え、ブラシに残った髪の毛を取り除き始めた。つまんだ髪を、足元に捨てる。馴れた動作だった。

「石黒君は、昼間は働いているんでしょう」と、ちか子は訊いた。

「コンビニ」一美は最小限の単語で答えた。

「あら、ガソリンスタンドじゃなかったっけね」

「石津さんたちがうちに来てたころはね。あのあと、代わったの」

「そうだったの。コンビニって、夜の方が時給がいいっていうけれど」

「うん。でも彼、夜はまた別のバイトしてるから」

「居酒屋だっけね。よく頑張るわね」

「お金貯めなきゃならないの。商売を始めたいから」

「それは初耳だったね」と、ちか子は淵上巡査に言った。婦警は笑顔になった。

「わたしは聞いたことありますよ。コーヒー・スタンドを出すのよね？」

一美はブラシをしまいこみ、脚を組んだ。

「最初はフランチャイズでやるの。独立する前に、経験積んどかないといけないから。そのために保証金が要るのよ」

「一美さんも手伝うの？」

「そのつもりだけど、大学へは行かなきゃならないから」一美は苛立たしそうに髪をいじった。「あたしたちのことなんか、どうでもいいじゃない？　早く始めましょ」

送信者：所田良介　宛先：三田佳恵
件名：申し訳ありません
まことに申し訳ない。明後日の約束を延期してもらえますか。一週間後、四月三十日ぐらいはどうでしょう。せっかく連絡をいただいたのに、本当に申し訳ない。

12

「どうぞおかけなさい」と、武上は言った。

歳は三十半ばだろう。すらりとしておとなしやかな女性だ。淡いグリーンのスーツを堅苦しいほどにきちんと着ている。化粧も淡い。襟元にはパールのピンブローチ。これから子供の入学式に出席する母親のようだ。

「失礼いたします」

尖った顎。小さな目。色の薄いくちびる。顔だちは悪くない。

「三田《みた》佳恵《よしえ》さんですな」

「はい、そうです」

「現住所は、えー、埼玉県所沢市——」

武上が読みあげるのを、相手は軽くうなずいて認めた。

「こちらには一人でお住まいなんですな」

「はい」

「結婚しておられない」

「はい」

「お勤め先は千塚《ちづか》電装――この住所は本社ですか」

「東京本社です。わたしは総務二課におります」

初めてここに足を踏み入れたときの稔や律子とは根もとから違う、大人の落ち着きぶりだった。声はやや小さいが、言葉も明瞭だ。いかにも会社で電話の応対に馴れているという印象を受ける。

「総務二課というのはどういう仕事をする部署ですか」

「社員の有給休暇の管理ですとか、残業の計算とか、社宅の管理も含まれます」

「ははあ。そうすると内向きのことを仕切るわけですな」

「総務課というのは、だいたいそういうものだと思いますが」

かすかに、愛想笑いのかけらのようなものが頰に浮かんだ。彼女の表情が動いたのを見て、武上はようやく、これは一見薄化粧のようだが、実はたいそう手の込んだ念入りな化粧なのだということを感じた。

「入社してどのくらいになりますか」

「今年で十五年です」

「ベテランですな」

答えず、三田佳恵は下を向いた。両手はきちんと膝の上。切り揃えた爪。丸い台座に緑色の小さな石のついた指輪を、右手の薬指にはめている。翡翠《ひすい》だろうか。

「あの……」佳恵はいかにも遠慮がちに口を開いた。「わたくしがこちらに呼ばれましたのは、所田良介さんが殺された事件との関連でございますよね？」

得意先か銀行にでも、問い合わせの電話をかけているような口調だった。

武上は簡潔に答えた。「そうです」

「わたくしは疑われているのでしょうか。つまりその……容疑者というのですか」

「なぜそうお考えになります？」

佳恵はまわりを見た。「ここは取調室ですよね」

「そうです」

「こういう場所に入れられるのは、疑われているからではないですか」

「そうとも限りません」

武上の答が短いので、佳恵は困っているようだった。彼女に困った顔をさせることが武上の目的だったから、これは大いに結構だった。

「ご連絡をいただきまして……知人に相談いたしました」

「なるほど」

「弁護士の先生をお願いした方がいいかと思いまして」

「それで今日はご一緒に？」

「いいえ。まだお願いしていません。でも、いつでも紹介していただけると思います」

武上は返事をせず、黙って彼女の顔を見ていた。膝の上で指を組み、組み替え、気まずそうにくちびるを舐めて、やっと三田佳恵は顔をあげた。

「どうしてわたしが疑われるのか、事情はわかっているつもりです」

「ほう。どうしてだとお思いです？」

佳恵は片手をあげ、自分の心臓の上を押さえた。そしてまた目を伏せ、一心にしゃべり出した。「わたしは所田さんと、ネットで知り合った友人でした。そのわたしの身元を警察の方がご存じだということは、つまり、お調べになったんですよね？」

「調べました」武上は答え、老眼鏡を外し、鼻筋を指で揉んだ。そして続けた。「あなた方が家族ごっこをしていたことも承知しています」

三田佳恵は目をつぶってしまった。「じゃ、ミノルやカズミも――そうですよね、あの子たちもここに呼ばれたんですか」

武上は答えなかった。佳恵の手があがり、今度は口元を押さえた。そのまま、こもった声で言った。

「あの子たちはわたしを疑ってます。皆さんにもそう言ったでしょう？」

「まだ、直接には聞いておりません。ただ、カズミさんは、所田さんが殺害されたことを知ったあなたが彼らにメールを打った際、〝あんたが殺したの？〟と問い返していますね？」

佳恵は両手で顔を覆った。

所田一美の右手の親指が忙しく動いている。またメールだ。素早く、的確な指運び。表情は真剣そのもので、携帯電話に食いつきそうな目をしている。

彼女が送信ボタンを押すまで待って、ちか子は声をかけた。「済んだ？」

「え？」一美はびくりとした。「ええ、ごめんなさい。彼がまた心配するから」

取調室では、三田佳恵は手のなかに顔を埋めてしまっている。武上は両手を机に乗せ、指を組み、じっと彼女を見守っている。

「これで三人とも、どんな人なのかわかったわね」

一美はミラーの向こうに目をやった。「おとなしそうなオバさんね」

「本当に誰かのお母さんであってもおかしくないわねえ」

「そうね。うちの父の好みとは違うけど、家族ごっこのお母さん役にはちょうど良かったのかも。ま、ネットじゃ顔が見えてるわけじゃないから、わかんないけど」

急に憎々しげに口を尖らせて、

「ああいう人って、匿名の世界になると人が変わるんじゃない？　妙に大胆になっちゃったりしてさ。ねえ、いつまであんなふうにさせてるつもり？　それともあの人、泣いてるのかしら」

軽く咳払いをして、武上は呼びかけた。「大丈夫ですか」

佳恵はようやく顔を上げたが、片手で目を覆っている。口の両端が、ぎゅっと結ばれている。

「少し事実関係を確認させてください」と、武上は続けた。「ネットのなかで、彼ら三人の〝家〟であった掲示板を、あなたが偶然見つけてしまった。それが最初のきっかけだそうですね？」

佳恵は何度もうなずいた。

「いつごろのことです？」

「去年の年末——十二月の中頃だったんじゃないかと思います」

「見つけて、すぐに書き込んだんですか」

「いえ……一週間か十日ぐらいは様子を見ていました」

「ロムしていたと」

「は？　ええ、見てたんです」

「どう思いました？　面白かったですか」

やっと手を外して、佳恵は顔を見せた。目のまわりの化粧が崩れている。

「面白いといっても……」

「父親と姉と弟の組み合わせですよね。本当の親子だと思いましたか」

「まさか」疲れたように、首を振る。「遊びだって、すぐにわかりました」

「どうしてです？」

「何だか出来過ぎていましたもの」

「ふむ。私にはよくわからんのですが、どんなふうに出来過ぎなんです？」

佳恵はちょっと身を引いた。

「あなた方が〝家族〟として使っていた掲示板でのやりとりを見る限り、私には、ひと目で〝ああこれは本当の親子じゃないな〟と見分けがつくとは思えないんですがね。個別のメールは別ですよ。そちらを見れば、あなた方が役割演技をしているということはすぐに見当がつく」

佳恵は身を縮めた。「わたしは所田さんと――あの――」

「それは後回しにしましょう。彼ら〝親子三人〟の、何が出来過ぎだったんですか」

「やりとりの内容……というんですか」

「具体的にどんな？」

「たとえば」佳恵は天井を仰いだ。「〝カズミ〟が成績が下がってがっかりだというようなことを掲示板に書くと、すぐに〝お父さん〟が慰めるんですよ。ものわかりよく、優しく励ますんです。先生に呼び出されたと言えば、学校の進路相談ならお父さんが行ってあげる、とか。そんな父親がいますかしら」

「世間は広いですからね、いるかもしれませんよ」

「いるかもしれませんけど、でも」初めて、佳恵は苛立ちを見せた。「上手く説明できません。あの何とも言えない嘘っぽい感じは、自分で見ないと感じとれないでしょう」

「とにかくあなたは彼らに興味を持った」と、武上は強気で続けた。「そして父と娘と息子の組み合わせに欠けている、母親の役をやろうと思った。最初からいきなり〝お母さんですよ〟と書き込んだんですか？」

「ええ」

「家族ごっこだと気づいているということは匂わせずに？」

「ええ、そうです」

「どんなふうに」

「ですから――あなたたちが最近楽しそうにパソコンに向かってると思ったら、こんなページを作ってたの、お母さんも入れてよというような」

「それこそ嘘っぽくないですかね」

「ですから、そういう嘘っぽさが通用する雰囲気があったんです。所田さんたちも、すぐに受け入れてくれましたもの。〝やあお母さん、やっと来たね〟みたいな感じでした。お芝居でした。それが楽しかったんです」

「現実とは違う楽しみがあった？」

「ええ、ええ、そうです」

武上は机に肘を乗せ、乗り出した。「しかしあなた方は、ネットを離れて顔を合わせていますね？　四月三日の午後、初のオフ会で四人が顔を揃えている。でしょう？」

佳恵の頬が強張った。

「非現実の楽しみを味わっていたのなら、どうしてそんなことをしたんです？　それをやっちゃ、楽しい〝家族ごっこ〟が台無しになりませんかね？」

膝の上で固く拳を握って、佳恵は口元を歪めた。

「わたしたち――」緊張で、声が裏返りかけている。「ごっこ遊びは終わりにしようとしていました。そのためのオフ会でした」

武上は両の眉を持ち上げた。「しかし、オフ会の後も家族ごっこは続いていたでしょう？　それどころか所田さんは〝カズミ〟宛に、楽しかったからまた会いたいというメールを送っていますよ」

身じろぎして、佳恵は首を振る。

「わたしはそんなこと、聞いていません。カズミが掲示板に〝楽しかった〟とメッセージをアップしたのは見ましたけど」

「終わりにしたかったのは、あなただけだったんじゃないですか」

「わたしが？」襟元を握りしめ、「わたしが？　どうしてです？」

「所田良介さんと、個人的な関係を持ちたかったからですよ。いや、既に持ちつつあった。一対一の男女関係を。違いますか？」

くちびるを震わせ、佳恵は武上を睨みつけた。「ご存じなんでしょ？」

「カズミやミノルなど抜きに、付き合いを深めたかった。そうですね」

無言。

武上はたたみかけた。「所田良介は所帯持ちでした。家庭を壊す気はサラサラなかった。あなたもそれは知っていたんでしょう。彼が古くなった自宅を処分して購入しようとしていた建て売り住宅を、あなた、一緒に見に行っていますね？　そして彼にメールを送っている。本当に自分たちの家を下見にいったような気分だった、楽しかったと。送りましたよね？　違いますか？　しかもそこは事件現場だ。彼が刺し殺された現場です」

返事なし。

「あなたは現実と、あなたの言うお芝居のあいだの壁を取り払いたくなった。本当に所田良介の妻になりたいと考え始めていた。あなたのそういう意志、いや欲望と言った方がいいかな、それが家族ごっこの現場にまで滲み出して来るのを察して、ミノルは遠ざかり始めていた。実際、彼の書き込みはどんどん間遠になっているんですよ。気づいていましたか？」

佳恵はうつむいて、まばたきばかりしている。顔のほかの部分はまったく動かない。

「カズミがあなたに、所田良介を殺したのはあんたかと問い返したのも、あなたのなかに芽生えてきた遊びでは済まなくなっている部分に、彼女も気づいていたからでしょう。そうですよ、二人はあなたを疑っています。先ほどまでこの取調室にいて、話してくれました。二人とも、あなたが所田良介と、彼と親しい関係にあった今井直子を殺したのではないかと疑っています」

わたしは殺していません、と、佳恵はうつむいたまま言った。依然、まばたきが止まらない。

「所田さんはもちろん、今井直子さんのことなど、知りもしませんでした」

武上は彼女の抗弁を聞き流した。資料をめくり、別のページを出すと、おもむろに尋ねた。「四月三日のオフ会は、どこでやったんです？」

「ええ？」

「オフ会の場所です。どこで待ち合わせたんですか」

急に流れが変わったので、佳恵は当惑しているようだった。「それは――駅で――」

「新宿駅東口？　午後二時」

「そ、そうです。調べて、全部ご存じなんでしょ？　わたしたち、メールでやりとりして時間と場所を決めたんですから」

「四人ともインターネットの情報誌を持って集まること、と。それを目印にしたんですよね」

「ええ」

「しかし、駅前の立ち話で和やかに何時間も話し合うわけにはいかない。それからどこかへ移動したんでしょう?」

「ああ、そういう意味でしたら……喫茶店へ行きました」

「店の名は?」

「覚えていません。所田さんが連れていってくれたんです。駅からそう遠くなかったけど」

「四人集まったんですね?」

「集まりました」

「どう思われました?」

「どうって、どういう意味です?」

「意外な顔ぶれでしたか。それとも、ネットで家族ごっこをしている時と、さほど違和感がありませんでしたか?」

「ああ、それでしたら」佳恵はなぜかしら、ほっとしたようにうなずいた。「ミノルもカズミも若い子たちでしたから、本当にわたしの子供であってもおかしくないような感じがしました」

「所田さんも? あなたのご主人であってもおかしくないような感じがした?」

「……」

「違和感どころか、非常にぴったりした感じ、望ましい感じだったんじゃないんですか？少なくともあなたにとっては」

「刑事さん、わたしを誘導しようとしてるわ」

「そんなつもりはありませんがね」

「誘導してますよ。結局、わたしにハイと言わせたいんでしょ？　わたしが所田さんと男女の関係になりたいと思ってたって、言わせたいんでしょ？　そうなんでしょ？」

武上は彼女の問いかけを無視した。資料の別のページをめくり、おもむろに訊いた。

「四月二十三日に、所田さんはあなた宛にメールを打っていますね。会社から、彼のノートパソコンでね。あなたと会う約束を延期してほしいという内容のものです。一週間後の三十日でどうか、と」

佳恵はまた混乱した。「そういうメールはもらいました。でも、日にちの方はちょっと、はっきり覚えてないです。そんな脈絡のない質問をされても、ついていかれません」

「実は日にちよりも重要なことが、このメールにはあるんです」と、武上は続けた。「所田さんはこのメールを、本名で打っている。あなたを名指しでね。〝お父さん〟でも〝お母さん〟でもなく、所田良介から三田佳恵宛に打っているんです。どうしてでしょうね？」

逃げるように、佳恵は机から身体を離した。

「知りません。オフ会で会った後だから、そうしただけじゃないんですか。わたしは気にもしませんでした」

「そうですかね。私はこれが、あなたと所田さんの関係が個人的なものに発展していたことの印だと思いますが」

「考えすぎです！」

「二十三日は、二人きりで会う約束だったんでしょう？」

「……」

「それはオフ会じゃありませんよね」

「……ですから」

「何です？　聞こえないが」

「どうしてそんなことまでお話ししなくちゃならないんです？」

武上はまた質問の矛先を変えた。「四月三日のオフ会はどんな雰囲気でしたか？　和気あいあいとしていた？」

「わたしはそう感じましたけど」

「所田さんと一緒に事件現場になった建て売り住宅に行ったのは、三日のオフ会よりも後のことなんでしょうね？」

「――そうです。日にちは忘れました」

「あそこは所田家から徒歩で十分と離れていない場所ですよ。車や自転車なら二、三分の距離です。彼の奥さんや娘さんに気兼ねする気持ちはなかったんですか？」

「平日でしたもの。土曜や日曜に割り込んだわけじゃありません」

「珍しい理屈ですな」

「わたしはついて行っただけです。所田さんは不動産を選ぶのに慎重で、時間を変えて何度もあの建て売りを見に行っていたんです。夜も何度か出かけてました。会社帰りに寄るんです。あの日もそういう予定だっていうから、わたしはくっついて行っただけです」

「何時ごろでした？　見学した後、あなたは杉並から所沢まで帰らなければならないでしょう？」

「そんなに遅い時刻じゃなかったんです。九時ごろだったかしら」

「それじゃ近所の人の目についたかもしれないですね」

佳恵の声が裏返った。「誰かに見られたからどうだっていうんです？　わたしには後ろ暗いところなんかありませんでした！」

張りあげた声の反響が消えるまで、武上はあくまでも冷静に彼女を見つめていた。それから、素っ気なく言った。「そろそろ、ミノルとカズミにも参加してもらいますかな？」

「おかしいわね」と、所田一美が呟いた。

「何かしら？」ちか子は彼女の方に身を寄せた。

「あの人、三田佳恵」一美はミラー越しに彼女を指さした。「A子、A子で犯人扱いされてる女より、あいつの方がずっと怪しいじゃない？ ミノルやカズミだって、あいつを疑ってる。だけど全然騒がれてない。A子は写真週刊誌にまで追いかけられてるのに」

ちか子は一美の指先を見ていた。三田佳恵の横顔の線は貧弱で、特に顎のあたりが美しくない。

「警察は、ホントは彼女のこと疑ってるのに、わざと情報を出さずに伏せてるの？」

「決め手がないんでしょう」

「そんなのA子だって同じじゃない」

「三田佳恵さんには、今井直子さんとのつながりがないものね」

「父から聞いたのよ、きっと」一美はいっそ冷淡なほどにきっぱり言った。「直《じか》にね。二人で会ってるんでしょ？ 現場にも行ってるんでしょ？ そのとき聞かされたんじゃない

とせず、まだ三田佳恵の横顔を眺めている。

の？」

「ねえ一美さん」ちか子は膝をずらし、一美に向き直った。一美はちか子に目を向けよう
「あなたはあなたのお父さんが、本当にそんなことをしたと思う？」

「そんなことって、どんなこと？」

「今井直子さんというガールフレンドがいることを、他の女性にも話してしまう」

「やりかねなかったわよ、あの人は」冷ややかに、口の端だけで言い捨てた。「充分想像できちゃうわ。三田佳恵に言い寄られて、困っちゃってさ、実は自分には手強い愛人がいて、そっちで手一杯だぐらいのこと、言うわ、あの人なら」

「それを聞いた三田さんが、今井さんさえいなければ所田さんとの関係を深められると思って、彼女を殺してしまったと？」

「そ。そういうこと」

「でも、それなら三田さんは、そんなにしてまで手に入れたかったあなたのお父さんを、どうして殺してしまうんでしょう？」

「あの人がなびかなかったからじゃないの」

「お父さんが、三田さんに？」

「そうよ。何度も言ってるでしょ。あの人は若い女が好きだったのよ。ああいうオバさんは相手にしないの」一美はヒラヒラと手を振った。「それで三田のオバさん、逆上しちゃったんじゃないの？　やっと男ができると思ったのに、ってさ」

意地悪そうに眉を歪め、作り声で、

「〝わたしは今まで、ホントに寂しい人生をおくってきました〟なんて、しおらしいことを言ってたけどさ。確かに寂しいのは本当だったんでしょ。だから、他人の男でも、手に入りそうな目が出てきたと思ったら、ブレーキがきかなかったんじゃない？」

ちか子は静かに言った。「もしそうならば、次はあなたのお母さんが狙われていたかもしれないよねえ」

一美は「え？」とまばたきし、ようやくちか子の顔を見た。

「だって、たとえ今井直子さんを亡き者にしたとしても、所田さんには奥さんがいるんだから。あなたのお母さんが」

「ええ、そうね」一美は言って、肩をすくめた。広く空いた胸元で、鎖骨が優雅な線を描いた。「危なかったかもね」

「想像するだけで怖くないかしら」

「さあね」一美は目をそらした。「そういえば、うちの母、何をしてるんです？」

「あなたを待っておられますよ」

「先に帰ったっていいのに」そう言って、携帯電話に目を落とした。時間を見たらしい。

「もうこんな時間！　四時半よ。疲れちゃった。まだここにいなくちゃいけない？」

「そうね――いいか悪いかというより、三田佳恵さんを見て、どう思った？　見覚えがある？　あなたが目撃した人たちと重なるところがある？」

一美はそんなことなどすっかり忘れていたという顔で、素直に驚きの色を見せた。

「そっか、あたしそのためにここにいたのよね」今さらのようにミラーに近づくと、「でも、彼女についてはわかんないわ。家の前をうろついてた人が女だったような気がしてきたけど、それって、彼女のあんな様子を見て、話を聞いちゃったからそんな気がしちゃうってこともしれないし」

この娘の頭は美しいだけでなく、よく回る頭でもあるのだとちか子は思った。

「どっちにしろ、あたしがなんやかや言わなくても、ホントに彼女が父を殺したのなら、そう長くはごまかせないって感じがしない？

ヒステリー起こしかけてるもの。今にも白状しちゃいそう。あの刑事さん、むっつりしてるだけで何にもしない人かと思ったけど、けっこうやるじゃない。ね？」

「武上さんのことね」

ちか子は微笑を浮かべようと思ったけれど、うまくいかなかった。一美のくちびる、美人の要素のひとつであるくっきりとした稜線を描く口元を見ながら、それが厳しい意志を持ち、「殺してやる」「復讐してやるんだ」という言葉を放ったというときのことを想っていた――

送信者::カズミ　宛先::ミノル
件名::どうしてる？

ミノル、どうしてる？

あたし、すっかり落ち込んでいます。

〝お母さん〟と話した？　やっぱりあたしたちのこと、怒ってるよね。あたしは彼女と話す気になれなくて、メールが来てもシカトしてる。

〝お父さん〟が死んで、今日でもう十三日も経っちゃった。早いね。あたしね、犯人が捕まるまで、毎日カレンダーにバツじるしをつけてるの。そうしてると悲しいけど、そうしないと現実味がなくなって、ついうっかり、〝お父さん〟あてのメッセージを送っちゃいそうになる。所田さんはあたしにとって、すごく大事なヒトだった。〝お父さん〟だったの。ネットやっててよかったって、ホントにそう思ったもの。楽しかったよね？　でも、それも終わり？　あたし、いけなかった？

犯人が誰なのかわかんないけど、ミノルじゃないし、あたしでもない。あたしはやっぱり、〝お母さん〟のこと疑ってます。

返事をちょうだい。昨日も一昨日もメールしたのに、ずっと黙ってるじゃない？

あたし、今すごく寂しいし、怖いです。ミノルに会いたい。

送信者::ミノル　宛先::カズミ
件名::サヨナラ
最初に言っとくけど、コレは最後のメールだからな。
〝お母さん〟は、警察にずいぶんしつこく調べられたらしい。おまえがあることないことベラベラしゃべったからだって、怒ってたよ。彼女が怒ってるのはおまえであって、オレは関係ない。「あたしたち」なんて一緒にするな。
〝お母さん〟は、所田さんが殺されたときには、会社の研修で大阪に行ってたんだってさ。それがはっきりしたから、疑いは晴れたらしい。だけど会社まで刑事が来たから、上司に睨まれて、辞めなきゃならないかもしれないって泣いてるよ。新聞ダネにはならずに済んだから大丈夫だと思ってたんだけど、やっぱりああいう大会社となると、ただ警察に調べられたってだけでも駄目なんだろうってさ。
オレは今度のことに、何から何までうんざりしてる。新聞、読んでるか？　まだ匿名で〝A子〟になってるけど、たぶんあいつが逮捕されるんだろうな。それでケリがつく。
オレはおまえほど、所田さんのことよく思ってない。男として、オレはあのヒトのやり方がいいとは思わないから。それは今だから言うんじゃなくて、オフ会以来ずっとそうだったよ。
〝A子〟がちょっと可哀想だとも思う。もちろん、バカ女だけどさ。
おまえも〝A子〟みたいになるなよ。
オレたちはもうこれで終わりだ。カズミの弟のミノルは消えるよ。
サヨナラ。

13

カズミとミノルが取調室に戻ってくるのを待っていたかのように、内線電話が鳴った。わざと呼び出し音を二度まで鳴らしておいて、徳永が受話器をあげた。

「ガミさん」

武上は立ち上がり、机の向こう側にいる三人に背中を向けて電話を受けた。

「鳥居です」雑音混じりの声が名乗った。「話していいですか」

「おう、ご苦労さん」武上は軽く応じた。「どうだい？」

事前の打ち合わせで、武上が「胃が痛くなりそうだ」と言わない限り、予定通りにやりとしていいということにしてある。が、それでもなお慎重に、鳥居は声を潜めた。

「中本さんの読みはあたっていました。彼氏、目に見えて動揺してます」

「ふうん」

内心では大きく動くものがあったが、武上は鼻先で返事をした。さして興味もない、というふうに。それでも勘ぐり顔の取調室の三人。ミラーの向こうの所田一美は、どんな目をしてこの様子を見ているだろう？

「神谷警部補から、パーカの件は聞きました。まだ報道はありません。ラジオでも何も言ってませんから、彼氏の耳には入ってないでしょう」

「なるほどな」

「そちらでも、まだ？」

「うん」

「これから持ち出すんですね？」

「もうちょっとだな、うん」

「彼氏が店を出るような様子を見せたら、声をかけます」

「わかった」

武上が受話器を戻して椅子を引くと、加原律子が興味津々というふうに身を乗り出した。

「今の話、あたしたちと関係あるんですか？」

武上は老眼鏡をかけた。「我々も、所田さんの事件だけを扱ってるわけじゃないよ」

「なぁんだ」律子は言って、子供のように足をぶらぶらさせた。そんな動作とはうらはらに、こうして向き合うと、実は三人のなかで彼女がいちばん緊張していることに、武上は気づいた。

取調室内の空気が変化している。肩にのしかかるその重さ、手触りまで感じられそうなほどに。じっとりと湿った綿の塊のなかにいるかのようだ。武上はここを泳いで、出口までたどりつかねばならない。

三田佳恵は、わざと〝子供たち〟から椅子を離し、斜になって座っている。北条稔は彼女をじろじろと眺め回し、大げさに額にしわを寄せると、武上に訊いた。

「で、このヒト白状したの？」

佳恵が叩かれたみたいに飛びあがった。高価《たか》そうなバッグが膝から転げ落ち、蓋が開いた。中身がこぼれ出す。小さなポーチ。携帯電話。ピンク色の表紙の手帳。彼女は下着でも見られてしまったかのように狼狽し、急いで拾い集め、バッグに押し込んだ。

「大丈夫ですかな？」

「は、はい」

佳恵が椅子に戻るのを待って、武上はゆっくりと切り出した。「久しぶりの対面にしては、仲がよろしいことだ」

誰も口をきかない。

「さて、勢揃いしたところで、ひとつお知らせすることがあるんだが」

身構え方は三人三様だった。

「ミレニアム・ブルーのパーカが発見されたよ」

驚き方も三人三様だった。本物の驚愕。掛け値なし。

武上は眼鏡越しに北条稔の顔を見て、言った。「新聞報道で知ってるね？　犯人が、今井直子を絞め殺したときにも、所田良介を刺し殺したときにも身につけていたと思われる輸入物の衣類だ。ベストかパーカか特定できなかったんだが、パーカだったそうだ」

「何でオレに言うんだよ？」稔は色をなした。

「君に言ってるわけじゃないよ」

「オレの顔を見てるじゃないか！　パーカだって、男物とは限らないだろ？」

絶妙のタイミング、これ以上ないというほどの意地悪な口調で、三田佳恵が言った。

「でもカナダのあのメーカーは、基本的に女物は作ったことがないのよ。知ってるわ、わたし」

「おまえなぁ！」稔が椅子を蹴った。派手な音がして、パイプ椅子が倒れた。武上は机に肘をつき指を組んだまま手を出さなかったが、加原律子が止めに入った。

「やめなさいよ。やめてよ」稔に抱きつくようにして泣き声を出す。「このヒトの言うことにかまっちゃダメ！　それが手なんだから！」

「すぐにそういう言い方をするのは、あなたの手よね？」佳恵が言い返した。「いい子いい子のカズミちゃんは、すぐに泣きべソかくのが得意だし」

カズミはさっと振り返り、佳恵を叩こうとした。やめなさいと、武上は素早く制した。

「発見されたパーカには、大量の血痕が付着している。所田さんの血だろうな」

急におとなしくなって、律子はぺたりと椅子に戻った。稔もパイプ椅子を拾い上げ、ガタガタ鳴らしながら腰をおろす。

「所田さんの流した血だ」と、武上は繰り返した。「二十四ヵ所も刺されていたからね」

「どこで——見つかったの？」

かすれたような声で、律子が訊いた。武上は無言で、また稔の顔を見た。

「だからオレは知らないって」さっきよりは抑えた口調で、彼は抗弁した。「いちいちオレの顔を見るんじゃねェよ、おっさん」

「君だけにこだわってるわけじゃない」

武上は深く椅子に座り直し、腕を組むと、三人の顔を均等に見比べた。

「〝証拠は語る〟という言葉を聞いたことはあるかい？　物証は雄弁なものでね。様々な事実を教えてくれる。パーカが見つかったことで、この事件の出口は見えたも同然だ」

ごくりと、誰かの喉が鳴った。

「それでも、我々は無用な手間と時間を省きたい。君ら三人のなかで、身に覚えがある人がいるならば、今ここで申し出てほしい」

ちらっと腕時計に目をやり、

「三分間待つよ」

秒針が、ちょうど十二時のところを通過したばかりだ。わかりやすい。

沈黙。

「ど、どうしてあたしたち三人に言うの?」律子が震える声で言った。「なんであたしたち三人をいっしょくたにするのよ?」

武上は腕時計を見ていた。「三十秒経ったぞ」

滑稽なほどに、稔が顔を歪めた。「刑事さん、もしかしてオレたち三人がグルだとか思ってるのか?」

「そんなバカな!」叫んで、律子が両手で頬を押さえた。「そうなの? そんなふうに思ってたの? だからわざわざあたしたち三人を集めたの?」

「どうかしてるぜ。おっさん、頭おかしいんじゃねェの?」

武上は腕時計から目を離さなかった。「もうすぐ一分だ」

所田一美も、片手を口元にあてていた。

「あれ、ホント？」と、指のあいだから声を漏らした。「本当なの？」

ちか子はすぐ返事をしなかった。一美は振り返りざま、ちか子の腕をつかんだ。

「ねえ、本当なの？　パーカが見つかったってホントなの？」

「ええ、見つかったそうですよ」ちか子は静かに応じた。「ついさっき、連絡が入ったの」

「それ、犯人が着てたパーカなの？」

「血がついてるそうだから」

淵上巡査が一美のそばに寄った。「一美さん？」

「あたし——気分が悪い」一美は急にうなだれた。髪が乱れて彼女の顔を隠した。「いきなり、血だらけだなんて言うんだもの」

「ごめんなさいね。あなたにだけ教えるわけにはいかなくて」

「いつ見つかったの？　このこと、もうテレビでやってるの？」

「ニュースになってるころでしょうね」

一瞬、一美の大きな目が宙を見た。それから不意に、そこに何を見ているのか誰にも悟られてはならないと気づいたかのように、彼女は両手で頭を抱えてしゃがみこんだ。

「気持ち悪い」と、呻《うめ》くような声を出した。「めまいがする……」

かがんで彼女の背中に手を置くと、掌に、早い呼吸音が伝わってきた。今、この娘の身体の内側を駆けめぐっている感情と思考を、できるものならこの目で見てみたいとちか子は思った。

それでもこの娘の頭は回っている。できる範囲内で精一杯回っている。できるだけ集中してそうするために、顔を伏せ目をそらしうずくまっているのだ。もうそんなことはしなくてもいいと言ってやりたくなった。そんなことをせずに、いちばん楽な道を通りなさい。もういい、もう済んだ、もう終わりだよ。

一分かそこら、そうしていたろうか。突然、一美は乱暴に淵上巡査を押しのけ、バッグをひっつかんで立ち上がった。

「トイレに行きたい」

「一人で大丈夫?」

一美は目を吊りあげ、声を張りあげた。

「ついてこないでよ!」

怒声に近かった。淵上巡査がびくりと手を引っ込めた。それを見て、一美が初めて、自分の失策に気づいて怯えたような顔になった。

「──ごめんなさい」

「いいのよ。トイレがどこだかわかる? 廊下を曲がって右よ」

「わかってる」

踵を鳴らし、一美は廊下に出ていった。足取りが乱れ、ミュールが片方脱げそうになった。ドアが閉じても、彼女の足音が聞こえた。

「何だか残酷ですね……」

渕上巡査が、足元に目を落として呟いた。思わず漏れたというその言葉の先を待って、ちか子は黙っていた。

が、その先はなかった。若い婦警は、代わりにこう言った。「申し訳ありません」

「謝らないでくださいよ。わたしだって同じ気持ちだから」

そしてちか子は素早く席を離れ、渕上巡査にうなずきかけてから、廊下にすべり出た。

ドアを閉じるとき、巡査がマイクに顔を寄せ、「今、一美さんが部屋を出ました。石津さんが行きました」と、報せるのが聞こえた。

ちか子はゴム底の靴を履いていた。足音はたたない。聞こえるのは自分の心臓の、規則正しく沈鬱な動悸だけ。

念のために、トイレの手前の物入れの前で足を止め、耳を済ました。小一時間前、武上たちが飛び込んだ物入れだ。

勝手のわからない場所で、一美がやみくもに手近のドアの内側に飛び込むとは思えないから、あくまでも念のためだったが、やはり何も聞こえなかった。ちか子はトイレに向かった。

　この階の婦人用手洗いは狭い。廊下に面したドアを開けると、ぶつかってしまいそうなほどの距離に洗面台がある。その奥に個室がふたつ。一美はたぶん個室にいるだろう。

　それでも、もうひとつ念のために、トイレの先にある階段の方ものぞいてみた。踊り場には誰もいないが、階段を降りたところ、階下のフロアの出入口では、ざわざわと人声がしている。事務室だが、制服警官も出入りする。一美もここを降りるわけにはいかないだろう。

　廊下を戻って、トイレのドアに耳を寄せる。水音も人の声も聞こえない。ちか子はそっとドアを開き、首を伸ばした。

　奥の個室から、声が聞こえた。

「だから、大丈夫だって」

　一美の声だった。早口で、急いている。説得するような、宥めるような。

「お店にいるんでしょ？　ニュースを見てもあわてないで。絶対大丈夫だから。保証するわよ。ね？　ね？　だからね？　お願い。お願いだからしっかりしてよ。ね？」

　あるいは、泣き落とすような。

「え？ うん、そうよ。警察は大丈夫なんだってば。疑ってなんかいない。ホントだってば。他の連中のこと疑ってるのよ。そう！　あたしがここに来たこととは、全然関係ないんだってば！」

懸命に声を潜めようとしているのだろう。が、どうしても語尾が跳ねあがる。やっぱり残酷だ。残酷だったと、ちか子は思った。

だが、すでに人が二人死んでいるのだ。それと比べたら、どちらが残酷だ？

もし手をこまねいていたら、まだ殺人が続いたかもしれない。忙しく動いてメールを打つ、一美のあの指。あれほどの怒りと傷心を、他のどの方法で止められただろう。

いい、どちらが残酷だ？

（中本さん）

ちか子は心のなかで呼びかけた。集中治療室に横たわる中本の様子は、どうしても想像できなかったから、捜査本部に呼び出され、初めて中本に会って、彼の説を聞かされたときのことを思い出し、そのときの顔を思い浮かべた。

（お見事でした）

そして、来たときと同じようにひそやかに、逃げるように廊下を引き返した。

「一美さんは電話しています」

武上の耳に、石津ちか子の声が聞こえてきた。

「間違いありません。中本さんの予想どおりになりました」

武上が険しく眉を寄せたので、机の向こうの三人が背筋を伸ばした。

「わたしと入れ替わりに、淵上巡査が今、トイレの前にいます。彼女が戻りましたらお報せします」

わかりましたと、武上はミラーに向かって大きくうなずいた。それから徳永に言った。

「鳥居を呼んでくれ。所田一美は今も電話中のようだ」

鳥居は最初の呼び出し音が鳴り終わらないうちに出た。「ガミさんですか?」

「どうだ?」

「彼氏、奥に引っ込んだきり店内には戻ってません。電話がかかってきたのは確認したんですが」

「一美がかけてるんだ。裏口は?」

「大丈夫です。見張ってます。コンビニなんで、助かりましたよ。ほとんどガラス張りですからね」

「彼を怯えさせないでくれよ」

「わかってます」

「強く出過ぎるなよ」

「ガミさん」鳥居の声が沈んだ。「僕だって、少しは失敗から学ぶこともあります。任せてくださいよ」

「頼む。ここまできてしくじったら、ナカさんに会わせる顔がない」

受話器を戻すと、武上は手で顔をつるりと拭った。そして徳永に訊いた。「俺は冷汗かいてるか？」

「大丈夫ですよ。今までと何にも変わらないように見えます」

「おまえさんは冷静だな」

「記録係は書き割りみたいなもんですからね」

徳永は武上を見上げた。

「中本さんは正しかった」

「うむ」

「計算どおりでした。案外、素直なもんですね、今時の娘《こ》は」

「つまりは子供なんだろう」

徳永はちょっと苦い顔をした。

「こういうのを〝赤子の手をひねる〟と言うんじゃないですかね」

武上は黙っていた。

「余計なことを言いました。すみません」

「いいよ。それより、気を抜くな」

武上は取調室の三人を振り返った。三対の目が、厳しく澄んで武上を見上げた。

14

所田一美は騒々しく戻ってきた。優しい手つきながら、淵上巡査が彼女の腕をとらえている。それに抵抗しているようだ。

「気分はどう？」ちか子は素早く近づいた。

「帰りたいの」一美はちか子の顔を見ようともしない。「帰るって言ったのに、淵上さん、聞いてくれないんだもの」

ちか子は一美の背中を抱き、何とか椅子に座らせようとした。一美は両足を突っ張り、しゃにむに抵抗した。

「あたし、もう嫌よ！　こんなの嫌！」

「急にどうしたの？」ちか子は彼女の顔をのぞきこんだ。「どうしてまた出し抜けに、こんなに取り乱してしまったの？」

穏やかながら、不審そうなちか子の問いかけが、ようやく耳に届いたのだろう。一美は身体の力を抜いた。

「もう気持ち悪くて吐きそうなの。帰してよ」

額に汗が浮いている。手も震えている。

「血のついたパーカのことを想像したら、たまらなくなっちゃったの。息が詰まりそう。もうここにいたくない」

「それじゃ、お母さんに迎えにきてもらいましょう。それで一緒に帰ればいいわ」

「そんなのいいわよ！」

「お呼びしてきます」淵上巡査がきびきびと廊下へ出ていった。いたたまれないという感情の一端が、足取りに表れていた。無理もない。よく付き合ってくれたわよねえと、ちか子は思った。

「車を手配して、おうちまで送るから。ちょっと待っていてちょうだいね」

集音マイクを通し、取調室の三田佳恵の声が聞こえてくる。一美は両腕で身体を抱き、部屋の隅を向いて突っ立っている。

ちか子はミラーの向こうを見た。

「誰も白状しませんでしたけど」

佳恵はうなだれて、ぽつりと言った。

「それでもまだわたしたちは疑われなきゃならないんですか？」

「三十分待っても、三時間待っても、三日待っても結果は同じだぜ」稔はまた貧乏揺すりを始めた。「パーカのことなんか知らない。俺は知らない、知らないよ」

「あたしだって」と、律子が付け足した。

「動機のある人なら、他にもいましたよ。所田さん、家庭に問題を抱えてたし」佳恵は言って、ため息をついた。「家のなかの空気が冷え切ってるって言ってたもの」

「だからあんたは、あいつが離婚してあんたと結婚してくれると思っちゃったわけだ」稔はせせら笑った。「バカだねー。そういうのは、浮気男の基本ワザなんだよ。いい歳して、それもわかんなかったのかよ？」

佳恵は稔を睨みつけた。「所田さんは、わたしにだけそういうことを愚痴ったわけじゃないじゃない！　あなたたちだって聞いたでしょ？　オフ会のときに、さんざん話したじやないの！」

「そうだったかなぁ。俺はあんたが独りぼっちで寂しくて退屈だって話ばっかり聞かされたような覚えがあるけど」

「いい加減にしなさいよ！」

「おお、怖《こわ》ぁ」

武上は資料を持ち、机の上でとんと端を揃えた。稔が首をすくめる。「ホラ見ろよ。刑事さん怒ってるぜ」

「わかっていただきたいんです」三田佳恵は両手で机の端をつかみ、乗り出した。「所田良介さんは孤独な人でした。わたしはそこに共感したんです。わたしも孤独だったから。わたしたちの〝家族ごっこ〟には、ちゃんとした意味も価値もありました。確かにあったんです」

稔が首を振っている。

「所田さんは、実人生では不幸でした。奥さんとも娘さんとも上手くいってなかった。自分の人生が空しく感じられて仕方がないと言っていました。生き甲斐がないって」

武上は静かに応じた。「だから今井直子と付き合っているのだとも言いましたか？」

佳恵はひるまなかった。「それは確かに、女性に弱そうなところはありました。女の方が所田さんを放っておかないって感じがあったんです。会社のなかでも——男女関係のもめ事があったようだし」

「よくご存じですね」

「お調べになったんでしょ？」

「我々は知りません。あれでなかなか、オリオンフーズの同僚や部下は口が堅いんですね。どこからも聞いていませんよ」

「バカみたい、おしゃべりね」と、律子が佳恵に毒づいた。「あんたが入り込んできてから、あたしたちもぎくしゃくしちゃったのよ。自覚してンの？」

「どうしてそんなにあたしばっかりを悪者にするの？」

「あんたが悪いからよ」

「どこが？　あたしのどこが悪いの？　言ってみなさいよ。具体的に言ってみて」

律子はフンと、険悪に笑った。

「言えないじゃない。結局あなただってヤキモチを焼いてるだけなんだから」

律子の目が大きくなった。「ヤキモチ？　誰に？」

「所田さんはあたしを〝お母さん〟として大切にしてくれたわ。それが面白くなかったんでしょ？　あなたが一番じゃなくなったから、腹を立てていたんでしょ？」

律子は隣にいる稔の肘を叩いた。「ねえ、聞いた？　このオバサン、なんか根本的な勘違いしてるよね」

「何ですって！」

佳恵が律子につかみかかる。稔が立ち上がる。武上は一喝した。「やめなさい！」

三人はぎくりと動きを止めた。静まりかえった。

一拍遅れて、何かがカタンと床に落ちた。徳永の筆記用具だった。彼は一同の顔を眺め回してから、ゆっくりと身をかがめてそれを拾いあげ、

「失敬」と言った。

妙な間が空いた。加原律子が、エへへという子供っぽい笑い声をもらした。

「ね、あの記録係の刑事さん、面白いでしょ」と、稔に言った。「シッケイって、どういう意味？」

「失礼しましたというような意味だ」武上はむっつり解説した。「日常会話じゃ使わん言葉だ」

また、しんとした。

その静けさのなかに、遠くかすかなパトカーのサイレンが、滑るように忍び込んできた。窓の外。渋谷の町を通り抜けて、近づいてくる。こちらに来る。

「また事件？」と、律子が呟いた。「警察、忙しいのね。あたしたちのことは、もういいんじゃない？」

「そうだな。パーカが見つかったんなら、もういいじゃんか」稔も尻馬に乗る。「そっちからたぐっていきゃ、すぐ犯人をつかまえられるんじゃないの？」

徳永が受話器をあげ、すぐに応対した誰かに向かって、

「今のサイレンは？」と、厳しい口調で尋ねた。「こっちにまで丸聞こえですよ」

相手は何か説明している。「わかりました」と返事をして内線電話を切ると、徳永は武上に言った。「着いたそうです」

「誰の話？」律子はしつこい。「ねえ刑事さん、他の事件でどんなの扱ってるの？　そっちも殺人？」

「君には関係のないことだ」武上は言った。「それに殺人なら、君らにとっては所田良介さんだけでたくさんじゃないかな？　我々も、そちらの犯人を見つけることに専念したいよ」

唐突に、妙にはすっぱな感じで足を投げ出すと、佳恵が言った。「奥さんよ」

口の端から悪意が滴るような口調だった。

「奥さんが犯人よ。決まってるじゃない。事件現場で女の叫び声が聞こえたっていうんで

しょ?」

武上は尋ねた。「それがあなたの説ですか」

「ええ、そうです」きっぱりと、佳恵は顔をあげた。「奥さん以外に、所田さんと今井直子を殺すほど憎んでいた人間は見当たらないもの」

「そうですかね」

「刑事さんは奥さんに同情的なのね。確かに、表面的に見れば、浮気していた夫が悪かったってことになるんでしょう。でも、夫婦仲がまずくなるのは、必ずしも片方だけの責任じゃありませんでしょ」

「俺はそうは思わない」稔は言った。「あれは所田さんが悪い」

佳恵は、もうミノルにもカズミにもかまわないと決めたようで、武上を真っ直ぐに見据えて続けた。「犯人は奥さんですよ。まず今井直子を殺して、次は所田さん。彼のこと、繰り返し繰り返し刺してるっていうのも、感情的になってたからでしょうよ」

「所田夫人が犯人ならば、家のなかで事件が起こりそうなものじゃないですかね」

「そうとばかりは言えませんよ。所田さんが会社の帰りにあの現場に寄ることを知っていて、待ち伏せしてたのかも。殺した後、急いで家に逃げ帰ったんでしょう。近所だもの、充分にできたはずです」

「なるほどね。しかし、あなたのその説の根拠は、単なる感情論だけでしょう？」

「いいえ、根拠はちゃんとあります」

おとなしやかな表情を脱ぎ捨て、佳恵は負けん気を顔に出した。

「オフ会で出た話だから、この人たちも知ってることですけど」と、カズミとミノルをちらりと見て、「所田さん、監視されてるって言ってました」

「監視？」武上は顔をしかめた。

「ええ。外出先で、尾けられてるって感じたこともあるって。どうもお嬢さんのようだったって」

「所田一美さんですか？」

「ええ。そもそもオフ会をあの日の午後二時なんて半端な時刻に設定したのも、四月三日の土曜日は一美さんが予備校の試験があって、それがとても大事な試験なんで、絶対に彼女に尾行される心配がないからだったんですよ」

律子と稔が顔を見合わせている。

「本当かね？」と、武上は訊いた。

「ええ、まあ」

「そんなようなこと言ってました」

「駅前で待ち合わせたときも、なんかソワソワしてたしね。娘が尾行してると困るからさ、とか言っちゃって」律子は自分の爪を見た。

「不幸な親子だわぁって、あたし思っちゃった。所田さんの娘の一美って、そんなに性格悪かったの？」

律子には答えず、武上は佳恵に訊いた。

「もしも娘の一美さんが父親の動向を気にしていたとしても、それはあくまでも一美さんの問題でしょう。奥さんを疑う根拠にはならんと思いますがね」

じれったそうに、佳恵は声を荒らげた。「だから、奥さんが娘を使って探らせていたんでしょうよ」

「ずいぶん飛躍しますな」

「でも、女はそういうものですよ。所田さんの浮気性を、奥さんは嫌というほどよく知っていたわけでしょ？　知っていて、おなかの底では腹を立ててたけど、許すふりをしてた。そういう建前があるから、自分が夫の身辺を探り回るわけにはいかないじゃありません？だから娘を使ったんですよ」

佳恵は自信満々だった。口を尖らせて、

「娘さんも進んで協力したのかもね。女の子は母親の味方ですから。だって娘の一美さんは、所田さんのパソコンの中身をのぞいてたそうですよ。所田さん、気づいてるって言ってましたもの。でも娘の反応を知りたいから、あえて知らん顔して、そのままのぞかせているんだって」

「つまり、所田一美さんが、自分の父親が、あなた方と一緒になって〝家族ごっこ〟をしていると承知していたと？」

得意げに顎をそらして、佳恵は言った。

「そうですよ。だからオフ会のときも、万が一、娘さんや奥さんに乗り込んでこられちゃ困るから気を遣っていたんです。所田一美さんは知ってました。知ってた以上、そりゃ面白くなかったでしょうね」

「嘘よ」

気がつくと、一美はまたミラーの方に向き直っていた。ますます強く両腕で身体を抱き、首筋に腱が浮いている。

「嘘よ」もう一度繰り返し、一美は首を振った。髪が乱れ、栗色の奔流になって肩で跳ね、頬を打ち、背中で揺れた。

「あんなの嘘よ」

「あたしは知らない！　何も知らなかった！　嘘、嘘、嘘、嘘よ！」

「――一美さん」

「ひとつお伺いしたいんですがな」

武上はゆっくりと座り直し、背もたれに体重をあずけて、三人の顔を見た。

「所田良介さんには、一人娘の一美さんがいた。実の娘だ。現実の、血肉を具えた彼の子供です」

稔は下くちびるが見えなくなるほど強く口を結び、机の上を見ている。律子は武上を見ている。佳恵はツンと鼻をそらし、窓の方に視線を飛ばしている。

「その一美さんが、所田さんとあなた方がつくりあげている、ネットのなかの〝家族〟を見ていた。見ていることを、所田さんは気づいていた。あなた方は彼がそう話すのを確かに聞いた。そうですね？」

律子がうなずいた。

「彼はまた、気づいていたが、娘の反応が見たいから、あえてそのままにしてあるとも言っていた」

もう一度律子がうなずいて、目を伏せた。

「そして彼はあなたたちに、自分の家庭が上手くいっていないとも打ち明けた。妻とも娘とも冷え切った間柄になっていると。だから孤独だと」

ちょっと間を置いてから、武上は言った。

「私には、それはまことに手前勝手な言い分に聞こえる」

佳恵はようやくまばたきをして、それでもまだ頑固に顎をそらしている。

「もちろん、ニワトリと卵だ」と、武上は続けた。「家のなかが冷え切ったから、所田さんは浮気をしたのかもしれない。ネットのなかに自分の理想の相手を探して、〝家族ごっこ〟をしたのかもしれない。あるいは、彼がそういう勝手なことをするから、家のなかが冷えたのかもしれない。どちらが先かはわからない。あるいは、見る方向が違うだけで、どちらも先なのかもしれない」

「あたし――」と、律子が小声で言い出し、すぐに口をつぐんでしまった。

「所田氏個人には、自分が妻や娘に対し、どれほど勝手で残酷なことをしているか、自覚がなかったんでしょうな。当事者はそういうものだ」

「ネットのなかで〝家族ごっこ〟をするのが、そんなに勝手で残酷なことですか？」佳恵が喧嘩腰で嚙みついた。「わたしたちは所田さんと本当の家族になったわけじゃないですよ。ただお芝居をしていただけです。それもネットという空間のなかだけの話です。理想の家族のふりをして遊ぶ。お互いに、役割演技を楽しんでいたんです。それがそんなにいけないこと？」

武上はゆっくりと首を振った。

「いや、それ自体は勝手でも残酷でもないでしょう。多少の幻想は、誰にだって必要だ」

「だったらいいじゃないの」

「しかし、それが現実に影響を及ぼすとなれば、話は別だ」

佳恵は鼻白み、律子がさらに深くうなだれる。

「一美さんに知られた時点で、所田さんは立ち止まるべきだった。しかし彼はそうしなかった。だがその先に、もう一度ブレーキをかける機会があった。他でもない、オフ会です。彼があなた方と顔を合わせて、彼の実人生について不満をもらし、一美さんが彼のパソコンでのやりとりを盗み見ていると告げたときです」

加原さん――と、武上は呼びかけた。

「所田一美さんは、あなたと同年代の娘さんだ。そのことは知っていましたか？」

律子は返事をしない。

「所田さんと会って、彼の言い分を聞いたとき、あなたは何も感じなかったですか。いかにも嘘っぽい〝理想の家族ごっこ〟だとしても、それを一美さんに見せつけるのは良くないと、あなたは思わなかったんですか。自分の身に振り替えて、一美さんの気持ちを想像することはできなかったですか」

「だけどあたしは——」

「あなた自身も、あなたのすることに無関心なご両親に不満を持っている。そう言ってましたね？」武上は続けた。「あなたのお父さんやお母さんが、あなたにはまったく関心を持たず、良い子の娘を演じてくれる赤の他人を見つけ出してきて、そこで良い親を演じているのを知ったら、あなたはどんなふうに思いますか。傷つきませんか。怒りませんかね。どうです？」

ごそりと身動きをして、稔が言った。「俺はだから、嫌になったんだ」

武上は黙って彼を見た。稔も武上を見たが、長くはそうしていられなかった。彼の方が先に目をそらした。

「なんかこんなの……良くないって思った」

「それを所田さんに話したか？」

「言わなかった」

「どうしてだい？」

「そこまで突っ込むような間柄じゃないからさ」

「〝家族〟じゃなかったのか？」

ぴくりと口の端を震わせて、稔は笑い、「そんなもんじゃないよ」

捨て鉢に言い切った。

「結局、お互いにいい、い、いいとこどりしたいだけのお遊びだったんだからさ」

「いいとこどり？」

「アクセスしてる時だけ良い気分になれればいいってこと。俺、姉さんとか妹とかって、ちょっと欲しかったから。話のできるオヤジも、ちょっと欲しいなとか思うことあったし」

それだけのことだったよと、だんだん小声になって、稔は言った。

「だけど結局そうはならなかった。面倒になっただけだった。だから俺はもう離れるつもりだったよ」

言い訳めいた台詞の後ろの方は、ほとんど聞きとれなかった。

「あなたは？」と、武上は律子に訊いた。「あなたはオフ会の後も、これという変化を見せずに〝家族ごっこ〟を続けていたね」

「だって……大事だったんだもの」

「あなたにとっては大事だった」

「現実にはないものだから。あたしも親と上手くいってないってのは、ホントよ」

「だから、所田一美さんのことは考えなかった」

律子は髪をかきあげ、うなずいた。「彼女はその場にはいなかったから。顔が見えなかったし、どんな人だか知らないし。そもそも、一美って娘《こ》が本当に実在してるのかどうかだってわかんなかったもん」

「しかし所田さんから聞いたんだろ？」

「それが本当かどうかはわからないじゃない？　ネットじゃ、そんなことよくあるもの。オフ会で会ったって、それでその人の身元が完全にはっきりしたってわけじゃないわ」

「じゃ、所田さんが作り話をしているかもしれないと考えていたわけか」

「そう……。そう思ってた方が楽だってこともあったかな」

「君たち〝家族〟は、楽な方をとればいい、という距離を保つことができたわけだ。ネットだからこそかな」

「刑事さんはネットに偏見をお持ちのようですけど」

切り口上で、いきなり佳恵が言い出した。

「サイバースペースで育まれる人間関係には、現実社会のそれと同じくらいの価値もあれば、温かみもあるんです。デタラメや嘘ばかりが横行しているわけじゃありません。顔を合わせないからこそ、自分の姿や立場にとらわれないからこそ打ち明けあうことのできる本音もあれば、そこで育つ親愛の情だってあるんです」

稔が唾を吐くように言った。「よく言うよ、オバハン」

「あんたは黙ってなさい！　ネットがね、あんたにとってはイタズラするだけの場だとしても、あたしにとっては違うのよ！」

「俺だってイタズラなんかしてねえよ。その台詞、そっくりお返しするね。俺はね、そんなご大層なことを、あんたに言われたくねえって言ってるの。わかってねえな、オバハン」

佳恵は机を叩いた。「そればっかりね。オバハン、オバハン、オバハン！　あたしにはちゃんと名前があるわよ！」

「オバハンだからオバハンて言うんだ。違うか？　そっか、あんたはただのオバハンじゃねえな。欲求不満のオバハンだ。自分の欲求不満を、あっちにもこっちにも持ち込んでるだけじゃねえか」

「何が欲求不満よ」佳恵は犬のように唸った。「そうやって女をバカにするあんたたちのおかげで、あたしたちがどれほど嫌な思いをするか、ちょっとでも考えたことがあるの？　もう若くないというだけで、夫がいなかったり、子供がいなかったりするだけで、まるで人間じゃないみたいに言われる女の気持ちが、あんたにわかるの？」

武上のところまで唾が飛んできた。

「そんな現実に、あたしは心底うんざりしてるの！　疲れたのよ。だけど生きていかなきゃならない。働かなきゃ食べていけない。会社でも煙たがられてるのはわかってる。だけど、今さら仕事をやめて、どうしろっていうのよ。どこに行くっていうの？」

呆然としたように目を開いて、律子が佳恵を見つめている。

「逃げ場所が欲しかったの。だから楽しかった。〝お母さん〟になるのは楽しかったのよ。ネットのなかだけでもよかった。自分の人生まで変わったみたいな気持ちになって、それだけであたしは幸せだったの！」

だから、所田一美の気持ちまでは斟酌《しんしゃく》できなかった。想像できなかった。それどころか、ネットだけではなしに、現実の所田良介にも近づきたくなった――

「私は偏見を持つほどに、ネット社会のことをよく知らないのでね」

頰を紅潮させている佳恵に、武上は静かに言った。

「ただ、ある媒体があれば、そこに人間関係が生まれるということぐらいはわかる。現実社会に真実と嘘が混在しているのと同じように、ネット社会にも嘘と真実が混じり合って存在しているんだろう――ということぐらいはわかる」

佳恵は指で目尻を拭い、なおも頑なにこう言った。「わたしたちの関係は真実でした」

ミノルとカズミは無言だった。

「もしも——もしもだが」武上は人差し指を立て、鼻にあてた。「こんな事件が起こる前に、所田一美さんがあなた方を捜し当てて会いに来たら、あなた方はどうした？」

しばらくのあいだ、沈黙が落ちた。やがて律子が言った。「彼女、実在してるの？」

「してるとも。生身の人間だよ」

それでまた、三人とも黙ってしまった。

武上は秒針が一周するまで待ち、ため息と共に宣言した。

「ご協力ありがとう。今日はこれで帰ってください」

所田一美が泣いている。

右の目から一筋、左の目から一筋、二筋、出し抜けに涙が流れ出して、頬を伝った。彼女が突っ立ったままなので、涙の滴は顎に止まり、そこから下まで落ちて、彼女のミュールの甲にあたった。

一美はまだ自分で自分を抱きしめていた。泣いていることに、本人は気づいていないのかもしれない。

「一美さん」

ちか子は彼女の肩を抱いた。一美の口元が、震えるように動いた。どんな言葉が出てくるだろう。わたしたちの求める言葉であってほしい。これで終わりにできますように。ちか子は心のなかで願った。

が、一美はこう言った。「あたし、帰りたい」

ちか子は脱力感を覚えた。ひどく悲しくて、目の前がふと薄暗くなったような気がした。

「ちょっとここで待っていてくれる?」

「帰りたいの」

「もう一人だけ、あなたに見てほしい証人がいるのよ」

一美を残して、取調室に向かった。足が重い、背も重い。

ドアを開けたちか子の顔を見ると、武上はすぐに机の下に手を伸ばし、集音マイクを切った。ちか子は首を横に振り、

「呼んでください」とだけ、短く言った。

武上は徳永にうなずきかけた。

受話器に手を伸ばしかけて、徳永はわずかにためらった。武上の方を見はしなかったし、躊躇《ちゅうちょ》は一瞬で、彼の手はすぐに、思い直したように素早く受話器をつかんだ。

だが、その横顔は険しい。

（こういうのを〝赤子の手をひねる〟と言うんじゃないですかね）

そうだよ、若いの——と、武上は内心で思った。必要とあらば、たとえ赤子の手であっても確実にひねるのが俺たちの役目だからな。

こちらの想像以上に、彼は動揺していた。巡査が一人付き添い、さらに鳥居が彼の腰のあたりに手を添えて支えていた。身長一七五センチの鳥居よりも頭ひとつ高く、所田一美のそれと似た色調の明るい髪は、寝起きの子供のそれのように突っ立っている。スポーツサンダルを履いた爪先が、何も障害物のない取調室の床に引っかかり、彼はよろめいた。

武上は立ち上がり、彼を迎えた。

「石黒君だね？　石黒達也《たつや》君」

青年は何度もうなずいた。顎がガクガクしていた。目の縁を赤くして、握った拳が身体の脇を叩いている。

「よく決心して、来てくれた」

石黒達也は深くうなだれ、ぐらぐらと頭を振った。何に対してそうしているのか、否定なのか肯定なのか、混乱なのか悲嘆なのか。彼の声を聞くまでは、誰にも判断がつかなかった。

「か、一美に、会わせてください」

これまで誰の喉からも響き出ることのなかった、深い気遣いと傷みに満ちて、彼の声は震えていた。

「一美に会いたい。ここにいるんでしょ——会わせてください。僕ら、もう——」

嘘よ。

所田一美はそう言った。彼女がこの言葉を発するのは、何度目のことになるだろう。嘘、嘘、嘘。一美にとってはすべてが嘘だ。誰も彼も、彼女に嘘ばかり聞かせてきた。

ちか子は何も言わなかった。彼女の背後について、ただ彼女を見つめていた。

「どうして……？」

呟いて、一美はミラーに両手をついた。

「どうして？　どうして？　負けないって言ったじゃない！　頑張るって言ったじゃない！　どうしてよ！」

両手が動いて、ミラーを叩いた。一度、二度、三度。ちか子は一美に飛びつき、彼女をミラーから引き離した。それでも一美はしゃにむに両手を振り回し、まだミラーを叩こうとした。

ミラーの向こうの石黒達也が、音に気づいて近づいてきた。彼の両手が、一美よりもはるかにごつい両手が、ミラーにぴったりと押しつけられた。

「一美――」

集音マイクが拾った声が、室内に満ちる。

「一美、もうやめよう」

一美はまだもがき続け、椅子が倒れバッグが飛び、ドアを開けて巡査が飛び込んできた。ちか子は彼を強く目で制して、一人で一美を抱え込んだ。

「もう、やめよう」石黒達也は泣き出した。両手をミラーにつけたまま、頭を垂れて泣き出した。

「もう、いけないよ。一美、な？　もうやめよう。もう終わりだよ。終わりにしよう」

ちか子の腕のなかに捕らえられたまま、一美はずるずると崩れ落ちた。頭を垂れ、可能な限り小さな存在になろうとするかのように、膝を折り、肩をすぼめ、膝を抱えて丸まった。

ちか子はそんな彼女を、身体ごとしっかりと包み込み、抱きしめた。この世の終わりに子を抱《いだ》く母のように、しっかりと抱きしめていた。

名前：カズミ　４／４　１０：３９
タイトル：また会おうね
おはよう！　みんな起きてる？　今朝はカズミがいちばん乗りかな？
昨日は楽しかったね！　ねえ、気が付いてた？　あたしたちの隣のテーブルの若い子たち。みんなあたしたちのこと、ホントの家族だと思ってたよ。
親子で何ベタベタしてんだよう――っていう顔してたけど、でもちょっとウラヤマシイって感じにも見えた。
みんなのことがわかって、ますます楽しくなってきました。ゼッタイ、また会おうね！

15

所田一美の目は乾いていた。

そして、何も見ていない。隣に座った石津ちか子も、向いの武上も。壁も窓も椅子も、自称どおり〝書き割り〟になりきっている徳永の横顔も。

この部屋そのものも。

ただ、空《くう》を見ている。膝に乗せた白分の両の掌のなかに包み込んだ空間を。

「気分はどうかね」

他に何と呼びかける材料もなくて、武上はそう問いかけた。取り調べのベテランたちは、こんなときどうするのだろう。どう話しかけるのだろう。武上は書類の綴じ方は知っている。ファイル整理の方法も知っている。実況検分詳細図の正確な作成法も知っている。あらゆるタイプの裁判所命令申請書の書式もそらで覚えているし、その文言だって自由自在に操れる。

しかし、取調官としての言葉は持たない。それはこれまでの人生のルート選択で、武上が選ばなかった道筋にのみ埋もれていた財宝だ。今から掘り出しに行っても間に合わず、手にマメをこしらえるのが関の山だ。

ほんの三十分ほど前までは、この取調室に、目に見えない様々な感情が満ちていた。あるものはふわふわと漂い、あるものは武上の首のあたりにまといつき、あるものは足元にうずくまり、あるものは窓の格子に張りついて外に出たがっていた。

しかし今、それらはみな浮力を失い、それらを動かしていたエネルギーをも失《な》くして、床に落ちている。もしも武上に能力があるならば、床を埋め尽くし靴先にさわさわとあたるそれらの感情の死骸を見ることができるだろう。身体の九割までが羽根でできている、弱々しい蝶の死骸のように、それらがそここで、強張り、冷たくなって転がっているのを見ることができるだろう。

だから、取調室の空間には何もない。何もない空間もまた死んでいる。生きているのは、ただ一美の掌のなかに隠された空間ばかりである。

彼女がそれを握りつぶしてしまわない限り。

「——達也は？」

ほとんどくちびるを動かさず、一美が言葉を発した。あまりに表情が動かないので、武上は一瞬、それを幻聴かと思いかけた。一美がしゃべり出してくれることを願うあまりに、空耳を聞いてしまったのかと。

「達也はどこ？」

もう一度、今度はかすかに睫毛《まつげ》を震わせながら、一美は尋ねた。視線はそのまま、掌のなかだ。そこに問いかけているかのように。

静かに武上の顔を見てから、石津ちか子が口を開いた。「他の取調室にいますよ」

答を聞いてもうなずくでもなく、一美は放心の表情を変えない。そしてそのまま、こう言った。「彼は家に帰してあげて」

ほんの少し、武上は前屈みになって、一美との距離を詰めた。

「なぜだね？」

「関係ないもの」

「彼は関係ない？」

「あたしが巻き込んじゃっただけだから」

「彼は、そうは思ってないようだよ」

唐突に、一美は視線をあげた。そして取調室の壁のミラーを見た。「今も、あの向こうに誰かいるの？」

「誰もいないよ」

「また嘘だ、きっと」

「いいや、嘘じゃないよ。確かめてみるかね？」

一美はかすかに迷いを見せた。肩が動いた。

武上は本気で言ったから、困りはしない。

「行ってみるかい？」

ちか子が立ち上がりかけた。が、一美は首を振った。「ううん、いい」

そしてまた掌のなかを見た。立ち上がり、彼女の背中の側に回って一緒にそこをのぞいたら、俺にも何か見えるだろうかと武上は考えた。

「本当に、お母さんにはいてもらわなくていい？」と、ちか子が尋ねた。最初の段階で、所田春恵に同席してもらおうかという申し出を、一美は即座に跳ねつけていたのだ。

「いい。要らない」

一人でいいと、呟くように言った。

「刑事さん」

「うん」

「いつごろからあたしのこと疑ってた？」

「知りたいかね？」

「うん。教えて」

「聞いても辛いだけかもしれないよ」

「いいよ。今さら」言葉尻が急にかすれて、声が乱れた。「あたしの気持ちなんてどうでもいいじゃない。それより、あたしがどこで失敗したか教えてよ」

ちか子が目を伏せた。そうして一美と並んでいると、本当の母娘《おやこ》のようにも見える。

「君がお父さんのノートパソコンをのぞいていたらしいということは、非常に早い段階でわかっていたんだ」と、武上は言った。「ハードディスクの内容を詳しく調べる以前に、そのことはわかっていた」

一美の鼻先が、ちょっと動いた。大人なら鼻にしわを寄せるところだろう。この娘のまだ若い肌は、そんなものには無縁なのだ。

「君の指紋をとらせてもらったからね。覚えてないかな。お母さんにもお願いしたよ。お父さんの所持品に残された指紋を調べるときに、ご家族の指紋を除外しなくてはならないからね」

「ああ、そういえば」

「真っ黒なインクを手につけられたろう？」

「なかなか落ちなかった」

「そうなんだ。我々も現場でうっかり何かに触っちまった時には、同じようにして指紋をとられるんだよ。あれが嫌でね」

「あたしの指紋が、お父さんのパソコンにベタベタくっついてたの？」

「まあ、そういうことだ。それに所田さんは、パソコンのセキュリティにはまったく配慮していなかった。その気になれば誰でも中身を見ることができる状態になっていた。だから――まあ、推測したわけだ」

それでもさすがに、所田良介が、娘がのぞいていることを知りつつそのままにしておいたということまでは考えつかなかったが。

「指紋なんか、気にしてなかった」平べったい声で、一美は言った。「家族の持ち物だから、指紋ぐらいついてたって何でもないだろうって思ってた」

「そうだよ。我々もそう思っていた。パソコンを共有している家族だっているだろうし、だからその時点では、誰も君に疑いをかけてはいなかった。ごく最近になるまでは、誰も君を捜査対象として考えてはいなかった」

素朴に、意外だったのだろう。一美は顔をあげて武上を見た。

彼女がまだ何も知らず、何も知らされず、ここに来て挨拶を交わしたときの顔と、その顔は大きく変わっていた。たくさんのものが欠けていた。欠けたことがはっきりわかる形で欠けていた。緊張。興奮。用心。

　そして何よりも、怒りだ。

「捜査が始まったばかりのころ、一時だが、我々は君のお母さんを疑ったことがある」

　一美はうなずいた。「お母さんも言ってた。警察の人は、お母さんを疑ってるって。無理もないわよねって、すごく無気力だったけど」

「そうだね。なにしろ今井直子の存在があったから、お母さんは真っ先に疑われる立場にあったよ」

「でも、取調室になんか入れられなかった。お母さんは、一度も」

「そうだ。なぜかと言えば、ひとつには、所田さんの事件の際の通報者であった深田富子という人の目撃証言があった。深田さん、君はわかるか？　ご町内の小母さんだよ」

「さあ……ね」

「だろうね。君らは町内会の付き合いとは無縁の年頃だ。しかし、君のお父さんとお母さんは違う。深田富子さんは、君のお母さんをよく知っていた。夜目でも遠目でも、現場からシートを持ち上げて出てきた人物が所田春恵さんだったなら、すぐにそれとわかったろう」

　ああ、そうかと一美は呟いた。聞いてみればツマラナイ種明かしね。

「それに君のお母さんは、何度尋ねても、どこから調べても、お父さんと今井直子のつながりを知っている様子がなかった。ご主人が女子大生と交際していたようだと知らされても、さして驚いている様子がなかったので、最初は我々も訝ったんだがね。だが――」

武上は言葉を選んだ。

「君のご両親のあいだでは、お父さんが他の女性と付き合うことについて、はるか昔に休戦協定が成立していたような雰囲気があった。それがわかってきてね。こりゃ、なかなか珍しいことだが、まったく考えられないことでもない。そういう所田春恵さんが、いきなり今井直子を殺し、夫を殺すとは考えにくい」

「だからお母さんは容疑者にされなかった？」

「そういうことだ」

「あの人の、ああいう諦めたみたいな生き方も役に立つことがあるんだね」

皮肉ではなかった。一美は素直にそう言っていた。

「お母さんはお母さんなりに、お父さんはお父さんなりに、お互いを認めていたんじゃないかね」

その台詞には、一美は反応しなかった。

「しかも我々は、間もなく別の容疑者を見つけた」と、武上は穏やかな口調を保って続けた。「君も知っているとおり、今井直子とのあいだに恋愛関係のトラブルを抱えていた女性だ。彼女が第一容疑者だった。みんな彼女の方ばかり見るようになった」

「A子ね」と、一美は言った。「こうなると、彼女のことずっと〝A子〟で通してきてよかったね？　警察、責められないで済むじゃない」

「それは警察というより報道機関の問題だけれどもな」

「これからはあたしがA子になるんだ」一美はちょっと笑った。「少女Aだね」

誰も彼女の笑いには同調しなかった。一美は一人で笑い、一人で黙った。

「何か飲みたくないかね？」

「ううん、要らない。ねえ刑事さん」

「何だね？」

「あの人たちのことは――いつごろわかったの？」

「あの人たち」

「ネットの人たちよ」

「私が彼らを捜し出したわけじゃないが、メールアドレスがわかっていたから、そんなに大変な作業じゃなかったと聞いてるよ。ただ、いろいろ手続きを踏まなくちゃならないからね。なんだかんだで、事件の発生から一週間ばかりかかったかな」

「そう……」一美はまた掌のなかをのぞいた。「でも警察なら、できるんだよね。それぐらいの手間と日にちで、さ」

それについて、すぐにでも話してやりたいことはあったけれど、武上は待った。一美が何と言って続けるか。

「あの人、三田佳恵」

「うむ」

「あとの二人にも疑われてたよね。彼女のことは、刑事さんたち、全然疑わなかったの？」

「疑ったさ」

「じゃ、調べた？」

「調べた。すると、所田さんの事件の時には、動かしようのないアリバイがあることが、すぐにわかった」

一美の目が広がった。「ああ、そうかぁ」

「そうなんだ。会社の研修で大阪にいた。二泊三日で、彼女は前日から東京を離れていたんだよ」

「アリバイなんてこと、あたし、考えてもみなかった」

「普通はそんなもんだ。それに彼女は運が良かったよ。事件がらみで疑いを受けたときに、そういうはっきりしたアリバイを証明できることは、なかなかあるもんじゃない」

ふうんと、一美は小学生のような声を出した。

「そしたら、他に誰もいなくなって、ずうっとA子一人が怪しいってことになってたわけでしょ？」

「うん……」

「だったらあたしの出る幕なんかないじゃない。あ、出る幕っていう言い方、違ってるけど」

「君は頭がいいね」

「成績はいいよ、うん」一美は表情も変えずに認めた。「だからあたし、バカは嫌い」

「そうか」

「頭使わないヤツは大嫌い。だから、母親も嫌いなんだもん」

武上はちか子を見た。ちか子は一美の掌のなかをのぞいていた。何か見えますかな、おっかさん。

「実はね」武上は座り直した。「今ここにいる私は、代役なんだ」

「代役？」

「うん。本当はここに、別の刑事が座ることになっていた。私から見れば先輩のベテランで――」

今回の筋書きを書いた仕掛け人で、

「捜査本部のなかで真っ先に、君の身になって物事を考えた刑事だ」

「あたしの身になって？」

「そうだ」

「どんなふうに考えたっていうのよ？」

その質問には、これまでになく感情がこもっていた。武上は、一美の掌のなかに囲い込まれていた空間から、小さな羽根のあるものがひらりと舞い出て、彼女の肩のあたりにとまるのを見たように思った。

「その刑事は中本という名字でね。我々はナカさんと呼んでいる」と、武上は続けた。

「あるときナカさんが、私にこう言った。なあ武上、どうして誰も気づかないんだろう。どうして誰も気づいてやらないんだろう」

――俺たちは、所田良介を殺す動機を持った人間を探しているんだろう？　彼に対して、結果的に殺人にまで結びついてしまったほどの強い感情を抱いている人間を探しているんだろう？

ここにいるじゃないかと、中本は言ったのだ。所田良介のパソコンの中をのぞいていた娘がいるじゃないか。

「俺がこの一美という女の子だったら、きっと怒る。必ず怒る。これを怒らずにいられるか？　ナカさんはそう言ったよ」

——所田良介は、一美とは冷戦状態だったそうじゃないか。それはいいよ、思春期の子供がいる家じゃ、みんな一度はそういうところを通り抜けるんだ。だがな、これはいかん。ネットなんだから、情報だけなんだから、遊びなんだからという言い訳は通じない。所田良介は、娘と同じ名前の女の子を調達して、その娘と遊んで、遊んでいるところを一美に見せてる。こんなのは、絶対に親がやっちゃいかんことだよ。こんなことをやられたら、やられた方はたまらん。たまらんさ。本部の連中は、なんでこれに気づかないんだ？

「俺が所田一美なら、頭がおかしくなりそうなほどに怒るだろう——ナカさんは私にそう言ったよ」

一美は大きく目を見開き、掌のなかをのぞきこんだままだ。しかしその掌は震えて、今にも拳を握ってしまいそうだ。

握りつぶさないでくれよと、武上は内心で願った。指を開いて、それを外に出してくれ。

——だがな、一美はその怒りを、直に父親にぶつけることなんかできっこない。それをやれば、父親は彼女が負けを認めたと見るだろうから。それが彼の狙いだからな。そうか、おまえはやっぱりお父さんの娘だ、お父さんが他所《よそ》に行くと寂しいんだな、おまえはやっぱりお父さんの娘なんだな、おまえはやっぱりお父さんの言うことをきく方を選ぶよな？　よしよし、いい子だ、わかればいいんだよってなもんだ。それを言いたくて、やってるわけだからな。

所田良介は、人生をずっとそうやって渡ってきた。彼の築いてきた人間関係は、あくまでも彼を取り巻く人間関係でしかなかった。中心は彼だった。彼の衛星として動いてくれる人間しか、彼は求めてこなかった。

しかし一美は、初めて、しかも彼の血を受けた子供でありながら、自身の意志でそれを否定し、そこから離れていこうとしていた。

あまりにもまっとうな、思春期の子供として。

だが所田良介はそれを認めることができなかった。妻を飼い慣らしたように、娘も飼い慣らせると思った。だから彼は、きわめて意地の悪い方法で、一美に待ったをかけようとしたのだ。

それこそ、一美がもっとも望まないことなのに。

「俺が所田一美だったならば、傷ついて怒って、そして知りたくなるだろう。あたしの父親の、こんな非道《ひど》いやり方に加担しているのは、いったいどこのどんな人間だ？　顔が見えず、正体もわからず、実体のない空間のなかで、いったい誰があたしの父親と、この悪趣味な玩具のような幻想を共有しているんだ？　知らずにはおられない。必ず突き止めてやる。絶対に確かめて、現実の側から一撃を喰らわしてやるんだ——と思うだろう」

中本が話したとおりの言葉で、武上は一美に語りかけた。

「この二件の殺人は、その過程で起こってしまった不幸な〝事故〟だったんじゃないか。ナカさんはそう言っていたんだよ。でも、捜査本部じゃこの意見はなかなか受け入れられなかった。警察官のカチンコチンに固い頭じゃ、この動機はなかなか理解できない。A子が首からぶら下げている、男女関係のもつれという古典的な動機の方が、はるかに理解しやすいからな」

武上が口をつぐむと、取調室は静まり返った。それでも、先ほど一美の掌のなかから舞いあがった感情がさわさわと羽音をたてるのを、武上は聞いた。

一美にも、その羽音が聞こえているのだろう。武上よりもよく聞き取れているはずだ。わずかに首をかしげ、目を細めて、自身の内側から飛び出した羽根のはばたきを聞き、それから彼女はゆっくりと口を開いた。

「——間違いだったの」

人違いだったの。

「父のこと、あたし――見張ってた」

「やっぱりそうか」

「オフ会のときも、試験を途中で抜け出して、新宿へ行ったの。そこへ行けば、四人が集まってるわけでしょ。いっぺんで、どんな人たちなのかわかる。顔も見られる。集まりに乗り込んでやろうかとか思った」

武上は深くうなずいた。

「だけどやっぱり間に合わなくて、見つからなかった。チャンスを逃したと思うと悔しくて、気が急いちゃって」

「次のオフ会まで待つことはできなかったかね？」

「そうすればよかったよね。でも、焦れったくて嫌だった。だから、父の様子を探り始めたの。だけど刑事さん、ムズカシイね」

また子供のような声を出して、一美は武上に向き直った。

「何が難しい？」

「人を尾けるって」

「ああ、そうか」

「平日は無理だけど、土日に父が出かけるときに、何度もトライしたの。だけどいっつも見失ったり、気づかれそうになって諦めたり」

「うん、わかるよ」

「たったいっぺん、上手くいったとき、父が『ジュエル』に行ったのよ」

そこで所田良介が、今井直子と親しげに話しているのを目撃したのだ。

「あたし――てっきり彼女が〝カズミ〟なんだと思った。間違いないって思い込んじゃったの」

所田良介が、また会いたいと、メールを送っていたから。

「その日は彼女の名前と、そこで働いてることだけ確かめて、それで――」

出直した。石黒達也と一緒に。

「石黒君には、何でも打ち明けてた。だから彼、あたしのことすっごく心配してくれて、ついてきてくれたの」

「彼はそのとき、ミレニアム・ブルーのパーカを着ていた」

「うん」一美は手で口元を拭った。「リサイクル・ショップで買ったんだけど、あんまり派手な色なんで、気に入らなくて、ずっとしまってあったの。だけどあの夜は、それを着て来た」

一美の口調が鈍った。

「きっと、楽しいことで出かけるんじゃないから、普段は着ないようなものを着たんじゃないかなぁ」

「彼女に会って、どうするつもりだった?」

「とにかく、どっかに連れ出そうと思ってた。じっくり話したかったから」

「彼女は嫌がったかもしれないね」

「嫌がったわよ。だけど、脅してでも連れ出すつもりだった。だからあたし――紐、持ってた」一美は目を閉じた。「うちの母、ビニール紐とかゼッタイ捨てないの。巻いてとっておくのよ。それを持っていったの。彼女を縛らなくちゃならないかもしれないって思ったから」

「会ってみて、どうだった」

「――嫌な女だった」

「そうか」

「話し始めてすぐに、彼女は〝カズミ〟じゃないってわかった。だけど父と付き合ってる。しかもあの人、あたしのこと知ってた」

「今井直子が?」

「うん。写真を見たことがあるって。父が見せたのよ」

――あんたが一美かぁ。へえー。

「笑ってた」うなだれたまま、一美は目を見開いた。「あたしの顔を見て、あたしを指さして、笑った」

何が可笑しかったのか。何を笑ったのか。この女と父親のあいだで、いったい何が笑いの対象にされているのか。

「あたし、彼女をぶったの。きっと凄い力だったんだと思う。彼女ぶっ倒れた。そして逃げだそうとしたの。顔色が変わってた。だけどあたし――あたし――」

一美が拳を握る。しかし、そこにはもう握りつぶされるものはない。指の隙間をすり抜けて、次々と舞いあがる。一美の心の断片が、見えない奔流になって空《くう》に吹き出す。

「殺したのはあたしよ」一美は小さな声で言った。「石黒君は手を出してない」

ちか子がわずかにかぶりを振った。

「父は気づいてた」

一美はまだ拳を握っているが、もう奔流は止まっていた。瞳は宙を見ている。自分のなかから出た感情を見ている。

「今井直子を殺したのがあたしだって、気づいてた。それはもう……なんか勘みたいなものだったんじゃないかな。態度でわかった。だからあの夜、あの建て売り住宅のところで会おうっていうのは、あたしの方から言ったの。家では話したくない、お母さんに心配かけるからって」

「それで、また石黒君に一緒に来てもらった?」

一美は口元を歪め、こっくりとうなずいた。

「ごめんなさい」

そのひと言は、今この場にはいない石黒達也に向けたものなのだろう。

「あの果物ナイフは誰のものかな」

「買ったの」

「君が?」

「——そう」

「なぜ」

「父に——対抗したかったから」

「殴られたりするかと思ったのかな?」

「ううん。でも、警察に連れていかれるかもしれないと思った」

「お父さんと話し合って、君の気持ちを伝えても、そのときは警察に出頭するつもりではなかった?」

「だって、父がすぐに教えてくれるとは思わなかったもの」

「何を教える?」

「カズミたちの身元」

「今井直子のことがあった後も、まだそれを聞き出したかった?」

一美は黙った。その瞬間、武上は一美のなかに、おそらくは彼女自身も気づいていないであろう、強情で、悪意に満ちて、憎しみに燃えて、けっして他を許すことのない、魂の芯の部分を見たような気がした。

「カズミたちのこと知りたかったから、始めたんだもの」ゆらぐことのない意志を込めて、所田一美は言った。「会って、顔を合わせて、言ってやりたかった。あんたたちがあたしをオモチャにしたから、あたしは人を殺したんだよって。父にも、それを見せてやりたかった。あたし、父を脅かしてでも、みんなのところに連れて行かせるつもりだった」

その場所、その瞬間に立っていた位置から、半歩足をずらすことができなかったのか。半分身体をひねって、別の角度で見ることができなかったのか。

「でも父はあたしのこと、かばってやるって言った」一美の右目から、涙が滴り落ちた。「おまえはお父さんの娘だ、お父さんがおまえをかばわないで、誰がかばうんだって。おまえを警察に突き出したりはしない、今井直子のことはもういい、悪い夢だと思って忘れなさい——」

お父さんがおまえを守ってやる。

「バカみたい」

涙が流れる。

「父は何にもわかってなかった。何にも変わってなかった。ネットのカズミに言ったのと同じきれい事を言って、あたしのことも、ネットのカズミと同じように扱おうとしただけだった。あたしが人を殺して、傷ついて、弱くなって、だからもうカズミたちと同じように扱ってもよくなったって、ただそんなふうに思ってるだけだった！」

だから殺したのよ。

「刑事さん」

「うん？」

「あたしを警察に呼んで、目の前にカズミたちを連れてくれば、あたしは必ず石黒君に連絡するだろうって考えたのも、その中本って刑事さん？」

「そうだよ」

「あたしが一人でやったことだとは思わなかったのかな？」

「思わなかったね。君が石黒君に頼っている様子と、事件の後、君が石黒君に、〝復讐してやる〟とか〝殺してやる〟とか言っているという話を聞いたからね」

所田春恵はそれを、一美が未知の殺人犯に対する怒りを語っているのだと解釈していたのだが。

「犯罪で身近な人を失った遺族は、そんなにすぐには怒りを表せないものだ。君のお母さんがそうであるように」

「そっか……」

「女の子一人では人殺しはできない、とは言わない。が、この事件では、君が一人だとは思えなかった」

頬を濡らしたまま、一美は首をかしげた。

「でも、あたしが、この場から石黒君に電話するとは限らなかったじゃない？」

「現にしたじゃないか」

「したけど……それは、カズミたちの身元とか本名とか、刑事さんが読みあげて、それをあたしがメモなんかとったら、きっとヘンに思われると思ったから」

「だからメールで彼に報せたんだろ」

「うん」

「そうすると思ってたわけだ。私じゃなくて、中本がね」

――あの年頃の子たちは、紙とエンピツなんざ使わん。携帯電話を持たせておきゃ、すぐに使うさ。

「だから石黒君を見張ってたの？」

「そうだよ」

「石黒君が怖じ気づくだろうって？」

「ああ」武上は言った。「君はまだ諦めていなかった。カズミたちがどこの誰なのか、実体のある人間として把握したかった。そうだろ？」

「そうよ」

「だから、我々が所田さんにネット家族がいたということをつかむと、急にあんな目撃証言なんか語り始めたんだろ？」

「だって……」

「そうすりゃ、我々がカズミたちを探すからな」

「見つけてくれたじゃない、現に」

「そうだ、見つけた。その点では、君の読みは正しかった」

「ストーカーのことだって――あんなのデタラメだったのに」

「君なりに、捜査を混乱させたくて、あんなことを言ったのかな」

「うん。あのときはまだA子のこととかわかってなかったから、疑われたら怖いし」

「なるほどな」

「でもみんなあたしの言うこと信じて、警備とかしてくれたから」一美は少し、恥じ入るような目をした。「うまく嘘つけば、カズミたちのことだって、きっと探してくれるって思った」

「しかし君は、別のところでは大きな読み違いをしたな」

「別のところ？」

「石黒君は、そういう君に、もうついていかれなくなっていたんだよ」

一美は、色がなくなるほどに強く、くちびるを噛んだ。

「彼は君が警察に呼ばれたというだけで、充分に動揺していたはずだ。そこへもってきて、君は本当にカズミたちの身元がわかったと報せた。彼はもうやめたかったのに。終わりにしたかったのにな」

「でも、パーカのことがなかったら、大丈夫だったわよ」一美の瞳が底光りした。「もしパーカが出てこなかったら、彼、持ちこたえられたよ」

「それはどうかな」

今日になってパーカが発見されたのは、確かに僥倖《ぎょうこう》だった。だがそれがなくても、中本の筋書きでは、〝取り調べ〟のなかで嘘の目撃証言を持ち出すことになっていた。石黒達也がブルーのパーカを着ているところを見た、という証言だ。

――でも、本当はこんな嘘はつきたくないよな。

中本も、それなりに気に病んでいた。この計画の空々しさが、もろに剝き出しになっている部分だったからだ。刑事が容疑者に嘘を聞かせることは、別段珍しくも何ともない。が、中本も取り調べの現場から離れて長く、それに対する免疫は消えていた。

だからこそ、パーカの発見が中本の執念の結実のように思えるのだ。

「あたし、刑事さんたちのお芝居に引っかかったわけよね？　罠にはまっちゃった」

言葉が悪いなどと、言い返せない。実際そのとおりなのだから。

「でもさ、甘いかもよ」

「何がだね？」

「あたし、まだ怒ってるもの。まだ諦めてないかもよ。許してないし」

「カズミたちを？」

「そうよ。あたし未成年だし、人生は長いじゃない。自由になったら、また彼女たちのところに行くかもしれないよ？　そうなったら警察、責任重大だね」

子供の強がりだ。そう思っても、武上は心が足元まで沈んでゆくのを感じた。

皮肉なことだ。所田一美は父親によく似ている。自分を信じ、自らを頼むこと強く、自分の意志を通すためならば、どんなことでもやりかねない。

だが、今はそれが流行《はやり》なのか。自分、自分、自分、自分。誰もがなりふりかまわず本当の自分を探しているご時世だ。探すまでもなく、すでに自分を持っていると自負する者が、それをまっとうするために手段を選ばず、まわりの者の心情を省みることもないのは、仕方がないことなのか。

「彼らは本物じゃないよ」と、武上は言った。「あれもお芝居だ」

純粋な驚きが、一美の顔いっぱいに広がった。「——何ですって？」

「三人とも警官だ。カズミとミノルは新米の巡査にやってもらったんだが、ティーンエイジャーに見えないんじゃないかと思って、実は少々ハラハラしていた」

彼らが取調室で語ったことの内容は、本物のカズミとミノルと〝お母さん〟から聞き出した証言を整理して再構成したものであり、そこには嘘はない。だが、それ以外はすべて架空のものだ。

「もちろん名前も住所も経歴もな。だからこの点に関しては、何ひとつ状況は変わっていないんだ。君にはカズミやミノルを探し出すことはできないんだよ」

いや、いっそ探し出さない方がいいのだ。そんなことはもう忘れた方がいいのだ。誰でもいい、どんな言葉でもいい、今までに誰かが一美にそう言ってやってくれていれば、道は違っていたかもしれないのに。

「だって」一美が椅子から腰をあげた。「じゃ、あのメールは？　父が三田佳恵に送ったメール。あれはあたしも見たのよ。でっちあげでも嘘でもない。お芝居でつくれたわけがないじゃない。あれが〝お母さん〟なんでしょ？」

武上に代わって、ちか子が言った。「三田佳恵さんは〝お母さん〟じゃないのよ」

「じゃ、誰だっていうのよ！」

「〝A子〟さん」

一美は両手で頰を押さえた。

「三田さんは、あなたのお父さんに対していろいろと複雑な感情を持ってたと思う。でも、今井直子さんとのトラブルを解決するために、結局はお父さんに相談を持ちかけていたのね。あのメールは、それに対する所田さんからの返事だったのよ」

一美があのメールを見ていた可能性があった。だから、今日のこのお芝居のなかに、三田佳恵の名前を上手く織り込んで使わねばならなかった。中本は、筋書きを練るとき、ここでずいぶん苦心していたものだ。

「あなたのお父さんが三田さんと会った経緯については知ってるでしょ？」

直子は困った娘だ、相談に乗ると、彼女に名刺を渡していた――

「三田さんは、それにすがる気になったんでしょう。彼女を疑っている側からすれば、あのメールも、彼女が所田さんに接近しようとしていた、つまり殺すことができたという状況証拠になっていたんだけど……。でも一美さん、考えてみてくれない？」

一美は呆然と腕を垂らし、ほとんど聞いていないようだ。

「あなたのお父さんは、確かにいろいろと弱点のある人だった。でも、人から頼りにされることが多かったことは事実なの。三田さんが、あんな経緯で出会ったにしろ、あなたのお父さんに相談しようとしていたということは、何かしら、あなたのお父さんに、そうしてもいいような優しさみたいなものを感じたという証拠じゃないかしらね」

「――優しさ？」と、一美は眉をあげた。聞き捨てならない言葉を聞いたというように。

「ええ、そうよ。人間の短所は、裏返せば長所になることがよくあるの。あなたのお父さんは、優しい人だったのよ」

「だからあたしをかばうって言ったの？」

一美の声には一片の温もりもなかった。

「冗談じゃない。あたしはそんな優しさなんか要らないわ」

「じゃあ、あなたには何が必要なんだろうね？」

そうだ。所田一美には何が要る？

「正しいこと」と、一美は答えた。「正義よ。誰だって、自分の勝手で人を傷つけたら、それにふさわしい報いを受けるのよ。それだけ。当たり前のことよ。あたしが求めてるのはそれだけよ」

誰であろうと、わたしを裏切り傷つけるものは、断じて許さない。

君の言うそれは、正義ではなく報復だろうと言いかけて、武上は黙った。

こんな手のこんだことをしなくても、石黒達也を揺さぶってやれば、容易に落とすことができるのではないか。武上は当初、そう考えたものだった。だいたい男の方が気が弱い、と。しかし中本は反対した。

――この場合は、それをやると、良くない結果になるような気がするんだ。

――何でかね。

――所田一美は意志が強い。彼女を裏切る者を許さないよ。たとえ彼氏でもさ。

中本はそう言った。

――罠にハメるなら、二人同時でなきゃ危ない。絶対にな。

どうして？　どうして？　どうして？　絶叫しながらミラーを叩いていた、一美のあの手。あのときの顔。

中本は、ここでも正しく見抜いていた。本当に捜査の現場に帰るかい、ナカさん。

石津ちか子は、一美の傍らで、片手を顎にあて、しばらくのあいだ、何かを思い出すように軽くうなずいていた。やがて言った。

「――正義ね。いい言葉ね」

声音は優しいままだ。

「でも、わたしはね、一美さん。あなた以上にはっきりと正当な正義を信じて、結果的に大勢の人を殺してしまった女性を知ってるんですけどねえ」

ちか子の降格の原因となった事件の関係者である。彼女があの事件について語るのを、武上は初めて聞いた。これまで、彼女がその件について何かしゃべったという噂さえ聞いたことがなかった。

「あなたと同じように、若い人だった」と、ちか子は続けた。「彼女の結末は、けっして幸せじゃなかった。わたしはそれが――今でも悔やまれてならないんだけどね」

「あたしは悔やんだりしないわ」と、一美は言った。

どちらが真実なのだろう。あの「ごめんなさい」と、今の言葉と。

一美が取調室を出ていった後も、武上は部屋に残る彼女の声の反響に耳を傾け、じっとそこで考えていた。

カズミは言っていた。ネットのなかの〝家族ごっこ〟は楽しかったと。そこでしか得られないものがあったと。大切だったと。〝お母さん〟も言っていた。孤独な人生を慰めてくれるものが、そこにはあったと。ミノルが斜に構えながらも、〝家族〟から目を離すことができなかったのも、〝話せるオヤジって、ちょっと欲しかった〟という些細な夢を、そこでなら、不完全な形ながら、かなえることができたからだったろう。

もしも所田一美が、ネットのなかに足を踏み入れていたらどうだったろう？　空しい想像ながら、武上はふとそれを思った。一美が自身の顔を見せず、声も聞かせず、ハンドルネームの陰に安全に身を隠して、その心の内を誰かに語る機会を得ていたら？　怒りに暗く翳る瞳や、傷心に頑なに歪んだ口元は隠したまま、ただ言葉でそれを誰かに伝え、ぶちまけることができていたら？

ひょっとしたらそのネットのなかの誰かは、血肉を具《そな》え行動力があるが故に、いたずらに一美に引っ張られていった石黒達也にはできなかった役割を、果たしてくれたかもしれない。一美に捕まえられず、一美に巻き込まれることのない距離から、彼女に語りかけ、彼女を癒し、彼女の怒りを理解する役割を。

中本のような理解者にも、出会えたかもしれなかったのに。

内線電話が鳴った。短いやりとりの後、徳永が言った。「課長が呼んでます」

「うん」

やれやれだ——と、武上は背中を伸ばした。

「石津さんは大丈夫ですかね？」

「何が」

「いえ、さっきの話」徳永はちょっと肩をそびやかした。「昔の事件、まだ引きずってるんじゃないですか」

「まあ、わからんさ」

そうですかねと呟いて、思い出したように、「そうそう、中本さんの様子には変わりがないそうです」

「今の電話か？」

「ええ。秋津が病院に問い合わせたそうで」

「早く目を覚ましてくれんかな。代役はもう、本来の持ち場に帰りたいよ」

皆で演じた一幕劇。やっと終わった。いちばんの仕掛け人が、いつまで寝てるんだ。早く元気になって、戻ってきてくれ。そしてこの代役の、奮闘ぶりを聞いてくれ。

いや、それよりも何よりも、まず所田一美に会ってもらうのが先だ。彼女に会って、中本にしか言えない言葉を、中本自身で投げかけてやってほしい。

「どうでした、にわか役者は」

「俺には向いてない」

「そうかな。お見事でしたよ」

「芝居だと思うから、取り調べができたんだ。これが仕事なら、できやせん」

俺は、デスクのプロだ。

「あの三人を労《ねぎら》ってやらんとな。よく演《や》ってくれた」

「まあ、この先長い警官人生でも、二度あるような経験じゃありませんでしたね」

武上はニヤニヤした。「三田佳恵役は特に名演技だった」

「そうですか」

「あたしたち女が、どんなに傷つくかわかるの？」武上は彼女の台詞の真似をした。「おまえも、彼女にいつまでもあんなこと言わせないようにしてやらにゃ」

なぜかしら、徳永はひるんだ。「誰に聞いたんです？」

「情報源は秘匿する」

「嫌だな、地獄耳なんですね」

武上は、よっこらしょと気合いを入れて椅子から立った。疲れた——と思った。

武上よりはずっと身軽に立ち上がった徳永が、ふと窓の方を見て声をあげた。

「へえ」

武上は振り返った。徳永は指で格子に触れている。「蝶ですよ。モンシロチョウです」

何処から飛んできたのか、格子に白い羽根がとまっている。

「春だからな」

徳永が軽く格子を叩くと、モンシロチョウはひらりと飛び立った。白い花弁のように、風に巻かれて遠ざかる。

取調室の床いっぱいに落ちた、無数の羽根のような感情の残滓。一美の掌から舞いあがった心の断片。嘘と真実。武上の目の裏で、そのイメージが、頼りない蝶の羽ばたきと重なった。寄る辺なく孤独で、真っ白で。

「やがて地獄へ下るとき——」

わずかに抑揚をつけて、呟くように徳永が言った。

「そこに待つ父母や友人に、私は何を持って行こう」

「また何かの引用かい」

「ええ。昔読んだっきりなんですけど。詩ですよ。なんで思い出したんだろう」

私は何を持っていこう――

「何を持って行くんだ？」

「え？　確か――」徳永は考えた。「蒼白《あおざ》め破れた蝶の死骸――。そうそう、だから思い出したんですね」

それを持って、父母に。

「そうして渡しながら言うだろう」と、徳永は続けた。「一生を、子供のように、さみしくこれを追っていました、と」

口を閉じると、少しのあいだ空をながめてから、徳永は窓を閉めた。

「行こう」

武上は彼の肩を叩いた。

「まだ仕事が終わったわけじゃない」

あとがき

本作品はフィクションであり、ストーリーはもちろん、作中に登場する人物、団体、事象等、すべて作者の想像によるものです。

今回は、わたしにとっては初の文庫書き下ろしとなりました。単行本にするには少々枚数が短く、中短編集に入れるには独立性が強すぎて収まりが悪いという、まさに〝帯に短し襷に長し〟という本書のアイデアを、この形で活かす機会を与えてくださった集英社文庫編集部に厚くお礼申し上げます。とりわけ担当の山田裕樹さんには、いろいろとワガママをお聞き入れいただき、お世話をおかけしました。ありがとうございました。

本書には何人かの刑事が登場しますが、主要な二人である武上刑事と石津刑事は、それぞれ拙作の『模倣犯』（小学館）と『クロスファイア』（光文社カッパノベルス）で初お目見えした人物です。前者と後者は、かなり異なった世界設定の作品ですので、今回この二人の〝共演〟には、実のところ、作者には若干の抵抗がありました。が、刑事であると同時に、短時間ながら、取調室内で父親・母親的な役割も果たしてもらう必要のある今回のキャラクターに、やっぱりこの二人が適任かなと思い直しまして、揃って再登板してもらうことにした次第です。

さらに本作では、地の文のなかに真実ではない記述があるという、ミステリーとしては大変基本的なルール違反をしている部分があります。これに関しては、作者はもちろん確信犯ですが、ラストまで読んでいただいて「えー、ウソ！」とお怒りをかう場合も、もしかしたらあるかもしれません。先にお詫びしておきます。ごめんなさい！

冒頭のエピグラフは、『大辞泉』第一版第一刷（松村明監修　小学館）より引用いたしました。また、ラストで徳永刑事が部分的に諳《そら》んじる『蝶』という詩は、西條八十の作品です。

この素晴らしい詩は、北村薫さんに教えていただきました。本書のラスト近くまで書き進めて、ちょっとスカした気味のある徳永刑事に言わせる台詞をうんうん唸《うな》りながら考えているときに、北村さんからファクスを頂戴し、そこにこの『蝶』がいたのです。おお、ピッタリだ！　と、小躍りしてしまいました。こういう奇跡のようなグッドタイミングが巡り来る瞬間は、物書きにはこたえられないものです。本書のなかでは台詞として書いておりますので、完全な形での引用ではありませんから、もっとこの詩を、西條八十を味わいたいという方には、ぜひ、北村さんが「オール讀物」誌上に書いておられるエッセイ

『詩歌の待ち伏せ』も合わせて読んでいただければ——と思います。

平成十三年八月吉日

宮部みゆき

この作品は、集英社文庫のために書き下ろされました。

解説

清水義範

物語の世界に、時として、花咲か爺の舞い降りることがある。

宮部みゆきとは、その花咲か爺ではないのか、とふとおもったりする。それほどに、彼女はたくさんの枯木に花を咲かせてきている。

彼女が咲かせた推理小説の花は、野辺の可憐な野草があるかとおもえば、堂々たる大木に絢爛と咲いた桜もあり、ひとつとして人の目を楽しませぬものはない。

そうかとおもえばまた、宮部みゆきは江戸人情小説にも、露をあびた朝顔のように涼やかな花をひとつずつ咲かせてゆく。

まるで花咲か爺のような——

と、著者が空に羽衣の舞うのを見たかのように驚くのも無理はないであろう。

が、それは余談である。

宮部みゆきのほんとうの凄さは、その継続力にあった。どんなに美しい花を咲かせても、彼女はそのことが終るか終らぬかのうちに、もう次の物語の花におもいをはせている。織田信長が次から次へと西国の城を落としていったのと同じように、宮部みゆきは物語の花を咲かせ続けずにはいられないのである。

業《ごう》——、

と言っていいかもしれない。

『R.P.G.』という小説はそのようにして生まれた。

その小説は生まれたとたんに、古典となる宿命を背負っていた。そこまで小説がうまいか、とおもうとなにやらおかしいようでもある。

というふうに解説を書くけんね、というのが私と宮部さんとの約束だった。八年ほど前に、私の小説が文庫化される時、宮部さんに解説を書いていただいたのだ。だから、この借りは、宮部さんの本が文庫になる時に、その解説を書くことで返しましょう、と私は申し出ていた。

すると、ちょうどその頃、ある人のある文学賞受賞パーティーがあり、その席で私は宮部さんと会った。実際にお目にかかって会話を交すのはその時が初めてであった。

そこで私は、お約束の解説ですが、という話をしたのだ。

「私の持ち芸のパスティーシュをしてみようかと思うんですが、どんな作家の文章でほめてもらいたいですか」

それに対する宮部さんの答は、司馬遼太郎の文章がいい、というものだった。あの文章でほめられたら、自分が歴史上の偉人のような気分になれるから、と。

というわけで、少しやってみたのであるが、こういうことは少しにしておくほうがいいかもしれない。かえって宮部さんのうまさと、この小説の面白さがうまく伝わらないような気がするから。


この『R.P.G.』という小説は、一応長編小説の長さがありながら、小粋な小編のような面白さを持つ作品である。狙いの筋がストレートであり、まっしぐらにその中心線を語りきっているからだ。

物語の展開される場面が非常に限定されているので、これはまるで舞台劇のようだ、という感想を持つ人がいるかもしれない。ミステリー戯曲のようなのである。

でも、少しは人物が部屋の間を移動するし、最初の遺体が発見される場面の描写もあって、お芝居そのものではない。

そこで思い出すのが、舞台劇が原作だったものを映画化した作品である。それが、ちょうどこの小説のような、芝居的であり、でも映画というものになっている。

この解説を書くにあたり宮部さんと会って（生涯で二度目）お話をきいたところ、私のその感想はそう的外れでもないとわかった。

宮部さんはミステリー戯曲のようなものを書きたいと思ったのだが、戯曲というものを書き慣れていないので大変だし、やっぱり一場面だけで話を語り切るのには無理がある、ということで、戯曲に近いこういうスタイルを思いついたのだそうである。

それで私は、こういう感想を言った。

「この小説を読んでいて思い出したのは、アガサ・クリスティーの小説にある、ミステリーとしてのうまさと、語り口の品のよさです。クリスティーという人はミステリーを書く時に、ミステリーとして成立するためだけのほどのよい書き方をした人で、そこに余分なえぐさや、世間知り顔や、教訓臭や、こけおどかしをいっさい入れなかった。そこにかえって品のよさが感じられたんです。この小説もまた、読者をものの見事にひっかけてやろうという狙いだけのために、作者が一直線に勝負をかけていて、そのことが気持いい作品ですね」

宮部さんは、クリスティーに似たものを感じたという私の意見を、喜んでくれた。クリスティーは尊敬する作家だそうである。

そういうわけで読者は、まんまとひっかけられる楽しみを求めてこの小説を読まなければならない。

そして私としては、それ以上何も言えないのである。この小説は、内容については絶対にしゃべってはダメ、という解説者泣かせのものなのだ。

有名な話だが、若い人などは知らないかもしれないのでちょっと例に出すと、アルフレッド・ヒッチコック監督の「サイコ」という映画が公開された時、すべての映画館で、途中入場禁止、という方式がとられた。あの映画のラストシーンだけを先に見られたら、初めから見てなんにも面白くないからである。じっくりと見ていって、最後に、あっそうだったのか、と驚くところに面白さがあるのだから。

この『R.P.G.』という小説も、そんなふうに、ひっかけられる楽しさを味わうものである。ただし念のために言っておくと、この小説と映画「サイコ」はまったく似ていません。意外なラストへたどりつくための物語という点が似ているだけである。

しかし、こういう小説に「R.P.G.」というタイトルをつけるところが、宮部さんのうまさだなあ、と私は思う。R.P.G.とはもちろん、ロール・プレーイング・ゲームのことだ。ただしこの小説の中に、そのゲームは出てこない。この小説自体が、ロール・プレーイング・ゲームのように作られています、ということなのである。プレーヤーはいろんなキャラに出会いながら、その予想外の展開をただただ楽しめばよい、ということであろう。

こういう小説は、読者をひっかけるべく、破綻なくきっちりと作りあげるのがとても大変であろう。いやんなるぐらいに計算し、きわどい細い道を正確にたどらなければならないからだ。

それを宮部さんは見事にやりきっている。脂ののりきった物語の女王（それより、王女のほうがいいかしら）ならではのお上手さだと言うべきだろう。

最後に、またパスティーシュをやって解説を終えよう。

これは一見奇現象のように見える——。

が、そうではない。

宮部みゆきには、この小説が自分に書けるということが、芝居の書き割りを見るかのように見えていたらしきふしがあるのである。
天分というしかないであろう。

集英社文庫　目録（日本文学）

藤本ひとみ　歓びの娘
藤本ひとみ　快楽の伏流
冨士本由紀　包帯をまいたイブ
藤原伊織　ダックスフントのワープ
藤原英司　ふれあいの旅動物の旅
藤原英司　雪国のライオン
藤原審爾　結婚までを
藤原審爾　赤い殺意
藤原審爾　秋津温泉
藤原審爾　大妖怪
藤原審爾　武士道地獄
藤原新也　全東洋街道(上)(下)
藤原新也　アメリカ
船戸与一　猛き箱舟(上)(下)
船戸与一　炎流れる彼方
船山馨　放浪家族

古井由吉　行隠れ
古井由吉　水
古井由吉　山躁賦
古舘伊知郎　えみちゃんの自転車
古山高麗雄　半ちく半助捕物ばなし
保坂展人　いじめの光景
保坂展人　学校は変わったか
保坂展人　続・いじめの光景
星新一　きまぐれフレンドシップ①②
細川布久子　部屋いっぱいのワイン
細川隆元・牧野昇　隆元　先端技術に挑む
細川隆元・牧野昇　ちょっと待て先端技術
堀田善衞　19階日本横町
堀田善衞　スフィンクス
堀田善衞　若き日の詩人たちの肖像（上・下）
堀田善衞　記念碑

堀田善衞　奇妙な青春
堀田善衞　審判（上・下）
堀田善衞　オリーブの樹の蔭に
堀田善衞　バルセローナにて
堀田善衞　キューバ紀行
堀田善衞　スペイン断章(上)(下)
堀田善衞　橋上幻像
堀田善衞　広場の孤独　漢奸
堀田善衞　めぐりあいし人びと
堀晃　恐怖省
堀辰雄　風立ちぬ
堀越千秋　アンダルシアは眠らない　フラメンコ狂日記
本城美智子　十六歳のマリンブルー
本多勝一　北海道探検記
本多勝一　きたぐにの動物たち
本多勝一　憧憬のヒマラヤ

集英社文庫 目録（日本文学）

本多勝一 冒険と日本人
本多勝一 食事と性事
本間洋平 家族ゲーム
牧羊子 おかず咄
牧羊子 味をつくる人たちの歌
牧羊子 語りかける女たち
牧羊子 遠いこえ近いことば
フレディ松川 新版 今からわかるボケる人ボケない人
フレディ松川 健康法あぶない話
フレディ松川 少しだけ長生きをしたい人のために
フレディ松川 死に方の上手な人 下手な人
松原英多 ガンの噂 ウソ・ホント
松原泰道 こころの開眼
松本侑子 巨食症の明けない夜明け
松本侑子 植物性恋愛
松本侑子 偽りのマリリン・モンロー

松本侑子 作家以前
松本侑子 美しい雲の国
松本侑子 花の寝床
モンゴメリ 松本侑子・訳 赤毛のアン
松本葉 おいしい結婚
松山千春 足寄より
眉村卓 かなたへの旅
眉村卓 黄色い夢、青い夢
眉村卓 午後の楽隊
丸谷才一 彼方へ
三浦綾子 裁きの家
三浦綾子 残像
三浦綾子 果て遠き丘
三浦綾子 石の森
三浦綾子 北国日記
三浦綾子 天の梯子

三浦綾子 風はいずこより
三浦綾子 ちいろば先生物語(上)(下)
三浦綾子 明日のあなたへ
三浦朱門 犠牲
三浦朱門 楕円
三浦朱門 雑草の花
三浦朱門 道の半ばに
三浦朱門 わかもの天国
三浦朱門 人妻
三浦朱門 再会
三浦朱門 教師
三浦哲郎 冬の狐火
三浦哲郎 夜の絵
三浦哲郎 しづ女の生涯
三浦浩 京都大学殺人事件
三浦浩 ウォッカは死の匂い

集英社文庫　目録（日本文学）

集英社文庫　目録（日本文学）

水野麻里　愛より重く　土俵に棲む女
美空ひばり　川の流れのように
三田誠広　僕のうちあけ話
三田誠広　僕の赤ちゃんたち
三田誠広　空は終日曇らず
三田誠広　いちご同盟
三田誠広　トマトケチャップの青春
三田誠広　高田馬場ラブソング
三田誠広　ペトロスの青い影
三田誠広　春のソナタ
三田誠広　父親学入門
三田誠広　ワセダ大学小説教室　天気の好い日は小説を書こう
三田誠広　ワセダ大学小説教室　深くておいしい小説の書き方
三田誠広　ワセダ大学小説教室　書く前に読もう超明解文学史
光野桃　妹たちへの贈り物
光野桃　ソウルコレクション
皆川博子　愛と髑髏と
皆川博子　薔薇忌
皆川博子　骨笛
皆川博子　ゆめこ縮緬
南伸坊　これが天職だ
峰隆一郎　人斬り弥介
峰隆一郎　平三郎の首　人斬り弥介その二
峰隆一郎　暗鬼の剣　人斬り弥介その三
峰隆一郎　修羅が疾《はし》る　人斬り弥介その四
峰隆一郎　斬《ざん》刃《じん》　人斬り弥介その五
峰隆一郎　非情の牙　人斬り弥介その六
峰隆一郎　埋蔵金の罠　人斬り弥介その七
峰隆一郎　殺《さつ》刃《じん》　人斬り弥介その八
峰隆一郎　密書　新・人斬り弥介
峰隆一郎　凶賊　新・人斬り弥介
峰隆一郎　狼たち　新・人斬り弥介
峰隆一郎　白蛇　新・人斬り弥介
峰隆一郎　暗殺　新・人斬り弥介
峰隆一郎　牙と芽　新・人斬り弥介
峰隆一郎　翁《おきな》党《とう》　新・人斬り弥介
峰隆一郎　化粧鬼　新・人斬り弥介
峰隆一郎・宮里洸　甲州金　新・人斬り弥介
峰隆一郎　殺人！博多発「ひかり4」の女
峰隆一郎　特急「あずさ」殺人事件
峰隆一郎　殺人新幹線「あさひ2号」
峰隆一郎　寝台急行「利尻」殺人事件
峰隆一郎　金沢発寝台特急「北陸」13分の殺意
峰隆一郎　別府発寝台特急「富士」45分の殺意
峰隆一郎　札幌発「北斗星」57分の殺意
峰隆一郎　「出雲2号」13分の空白
峰隆一郎　高松発寝台特急「瀬戸」の殺人
峰隆一郎　函館発「日本海」27分の殺意

集英社文庫　目録（日本文学）

- 峰隆一郎　新撰組局長首座 芹沢鴨
- 峰隆一郎　流れ灌頂《かんじょう》
- 峰隆一郎　都城発寝台特急「彗星」25分の殺意
- 峰隆一郎　西鹿児島発「金星」9分の殺意
- 峰隆一郎　青森発「十和田」4分の殺意
- 宮内勝典　ぼくは始祖鳥になりたい
- 宮内美沙子　看護病棟24時
- 宮尾登美子　岩伍覚え書
- 宮尾登美子　影絵
- 宮尾登美子　朱夏(上)(下)
- 宮尾登美子　天涯の花
- 宮城まり子　ともだち・ねむの木 そして私(一)
- 宮城まり子　ともだち・ねむの木 そして私(二)
- 宮城まり子　ともだち・ねむの木 そして私(三)
- 宮城谷昌光　青雲はるかに(上)(下)
- 宮子あずさ　こんな私が看護婦してる
- 宮子あずさ　看護婦だからできること
- 宮子あずさ　看護婦だからできることII
- 宮迫千鶴　超少女へ
- 宮沢賢治　銀河鉄道の夜
- 宮沢賢治　注文の多い料理店
- 宮嶋康彦　さくら路《みち》
- 宮原昭夫　まがりかど
- 宮原昭夫　駆け落ち
- 宮原昭夫　海のロシナンテ
- 宮部みゆき　地下街の雨
- 宮部みゆき　R.P.G.
- 宮本輝　焚火の終わり(上)(下)
- 宮本美智子　マイ・ニューヨーク・フレンズ
- 宮脇俊三　鉄道旅行のたのしみ
- 三好徹　海の沈黙
- 三好徹　野望の猟犬
- 三好徹　雀鬼
- 三好徹　遙かなる男
- 三好徹　禁じられた華壇
- 三好徹　光と影
- 三好徹　総会屋志願
- 三好徹　幻の美女
- 三好徹　投機
- 三好徹　小説総会屋
- 三好徹　商戦
- 三好徹　海外駐在員
- 三好徹　狼たちの戦場
- 三好徹　密会の夜
- 三好徹　戦士たちの休息(上)
- 三好徹　戦士たちの休息(下)
- 三好徹　生けるものは銀
- 三好徹　興亡と夢(全五巻)

集英社文庫 目録（日本文学）

集英社文庫　目録（日本文学）

群ようこ　でも女
群ようこ　トラブル クッキング
室井佑月　血《あか》い花《はな》
タカコ・H・メロジー　やっぱりイタリア
タカコ・H・メロジー　イタリア幸福の12か月
タカコ・H・メロジー　女が幸せになるイタリア物語
モア・リポート班編　モア・リポート —女たちの生と性—
モア・リポート班編　モア・リポート —新しいセクシュアリティを求めて—
モア・リポート班編　モア・リポートNOW① 性を語る—33人の女性の現実
モア・リポート班編　モア・リポートNOW② 女と男—愛とセックスの関係
モア・リポート班編　モア・リポートNOW③ からだと性の大百科
森　詠　オサムの朝（あした）
森　鷗外　舞姫
森　鷗外　高瀬舟
森　雅裕　会津斬鉄風
森　瑤子　情事

森　瑤子　嫉妬
森　瑤子　傷　招かれなかった女たち
森　瑤子　熱い風
森　瑤子　ジゴロ
森　瑤子　夜光虫
森　瑤子　女と男
森　瑤子　女ざかりの痛み
森　瑤子　家族の肖像
森　瑤子　叫ぶ私
森　瑤子　カナの結婚
森　瑤子・亀海昌次　もう一度、オクラホマミクサを踊ろう
森　瑤子　男三昧女三昧
森　瑤子　誘われて
森　瑤子　ハンサムガールズ
森　瑤子　ダブルコンチェルト

森　瑤子　消えたミステリー
森　瑤子　夜の長い叫び(上)(下)
森　瑤子・亀海昌次　六本木サイド・バイ・サイド
森　瑤子　垂直の街
森　瑤子　四つの恋の物語
森　瑤子　シナという名の女
森　瑤子　人生の贈り物
森　瑤子　森瑤子が遺した愛の美学
森　瑤子　森瑤子が遺した結婚の美学
森枝卓士　森枝卓士のカレー・ノート
森川那智子　みんな、やせることに失敗している
森下典子　デジデリオ 前世への冒険
森須滋郎　食卓12か月
森田　功　やぶ医者の一言
森村誠一　魔性ホテル
森村誠一　失われた岩壁

集英社文庫　目録（日本文学）

森村誠一　死の軌跡
森村誠一　地　屍
森村誠一　社　鬼
森村誠一　駅
森村誠一　街
森村誠一　未踏峰(上)(下)
森村誠一　星のふる里
森村誠一　雲海の鯱《しゃち》
森村誠一　うぐいす殺人事件
森村誠一　魔　犬
森村誠一　赤い蜂は帰った
森村誠一　吉良忠臣蔵(上)(下)
森村誠一　窓
森村誠一　死刑台の舞踏
森村誠一　凶　通　項
森村誠一　灯《ともしび》

森村誠一　死　叉　路
八木原一恵・編訳　封神演義
薬丸裕英　パパははなまる主夫
矢口純　ウイスキー讃歌
矢口純　ワイン・ギャラリー
矢島暎夫　男の子を知る本　まじめなオチンチンの話
柳ジョージ　ランナウェイ
柳澤一博・監修　戦争映画名作選
柳澤一博　歴史は女で作られる　歴史・伝記映画名作選
柳澤一博　知られざる芸術家の肖像　伝記映画を見る
柳澤桂子　愛をこめ いのち見つめて
柳澤桂子　意識の進化とDNA
柳田国男　遠野物語
柳田純一　死にかたがわからない
柳瀬義男　ヘボ医のつぶやき
山浦弘靖　火の道連続殺人

山浦弘靖　幻の天都殺人事件
山浦弘靖　旅　刑　事
山浦弘靖　旅刑事／恋の片道切符
山浦弘靖　阿蘇SL殺人事件
山浦弘靖　殺しのラブ・ソング
山浦弘靖　死のハネムーン
山浦弘靖　見知らぬ乗客
山浦弘靖　卒業旅行
山浦弘靖　同窓会殺人旅行
山浦弘靖　見合いゲーム殺人旅行
山浦弘靖　新・旅刑事霊感ザルと殺人列車
山賀禮一　「歯無し」にならない日本人　アジアの智恵がからだを守る
山川健一　綺　羅　星
山川健一　水晶の夜
山川健一　ロ　ッ　ク　ス
山川健一　真夏のニール

集英社文庫　目録（日本文学）

集英社文庫　目録（日本文学）

山藤章二　イラストエッセイ・パンの耳
山村美紗　鳥獣の寺
山村美紗　目撃者ご一報下さい
山村美紗　京都の祭に人が死ぬ
山村美紗　乳房のない死体
山村美紗　京都旅行殺人事件
山村美紗　妻たちのパスポート
山村美紗　不倫家族殺人事件
山村美紗　京舞妓殺人事件
山村美紗　京都二年坂殺人事件
山村美紗　伊良湖岬の殺人
山村美紗　京都紅葉寺殺人事件
山村美紗　京都貴船川殺人事件
山本藤枝　現代語で読む太平記
山本文緒　あなたには帰る家がある
山本文緒　きらきら星をあげよう

山本文緒　ぼくのパジャマでおやすみ
山本文緒　おひさまのブランケット
山本文緒　シュガーレス・ラヴ
山本文緒　野菜スープに愛をこめて
山本文緒　まぶしくて見えない
唯川恵　さよならをするために
唯川恵　彼女は恋を我慢できない
唯川恵　OL10年やりました
唯川恵　シフォンの風
唯川恵　キスよりもせつなく
唯川恵　ロンリー・コンプレックス
唯川恵　彼の隣りの席
唯川恵　ただそれだけの片想い
唯川恵　孤独で優しい夜
唯川恵　恋人はいつも不在
唯川恵　あなたへの日々

唯川恵　シングル・ブルー
結城昌治　罠の中
結城昌治　刑事
結城昌治　噂の女
結城昌治　泥棒
結城昌治　夜は死の匂い
結城昌治　春の悲歌
結城昌治　世界でいちばん優秀なスパイ
結城昌治　魔性の香り
結城昌治　花ことばは沈黙
悠玄亭玉介　幇間(たいこもち)の遺言
尹学準・他　ソウルAtoZ
夢枕獏　怪男児
夢枕獏　格闘漂流・猛き風に告げよ
夢枕獏　仕事師たちの哀歌《エレジー》
夢枕獏　仰天・プロレス和歌集

集英社文庫　目録（日本文学）

夢枕　獏　仰天・平成元年の空手チョップ
夢枕　獏　聖楽堂酔夢譚
夢枕　獏　純情漂流
夢枕　獏　絢爛たる鷺
夢枕　獏　神々の山嶺(上)(下)
夢枕獏・編著　奇譚カーニバル
夢枕　獏　慶応四年のハラキリ
由良三郎　網走—東京　殺人カルテ
由良三郎　完全犯罪研究室
由良三郎　聖域の殺人カルテ
横尾忠則　絵草紙うろつき夜太
横森理香　恋愛は少女マンガで教わった
横森理香／漫画・しりあがり寿　横森理香の恋愛指南
吉沢久子　老いをたのしんで生きる方法
吉田健一　本当のような話
吉永小百合　夢一途

吉永みち子　気がつけば騎手の女房
吉永みち子　気分はグリーングラス
吉永みち子　母と娘《こ》の40年戦争
吉村　昭　星と葬礼
吉村　昭　殉国　陸軍二等兵比嘉真一
吉行淳之介　生と性
吉行淳之介　ぼくふう人生ノート
吉行淳之介　女のかたち
吉行淳之介　堀部安兵衛
吉行淳之介　対談浮世草子
吉行淳之介　男と女をめぐる断章
吉行淳之介　童謡 1
吉行淳之介　童謡 2
吉行淳之介　札幌夫人
吉行淳之介　不作法紳士
吉行淳之介　紳士放浪記

吉行淳之介　定本・酒場の雑談
吉行淳之介　日日すれすれ
吉行淳之介　自家謹製　小説読本
吉行淳之介　子供の領分
淀川長治　淀川長治シネマパラダイスⅠ
淀川長治　淀川長治シネマパラダイスⅡ
米山公啓　医者の個人生活366日
米山公啓　午前3時の医者ものがたり
米山公啓　医者の半熟卵
米山公啓　医者の上にも3年
米山公啓　さまよえる患者
米山公啓　医者の出張猶予14ヶ月
米山公啓　週刊医者自身
米山公啓　医者の健診初体験
四方田犬彦　月島物語
隆慶一郎　一夢庵風流記

集英社文庫　目録（日本文学）

隆慶一郎　かぶいて候
連城三紀彦　ため息の時間
連城三紀彦　美女
わかぎえふ　OL放浪記
わかぎえふ　ばかのたば
わかぎえふ　それは言わない約束でしょ?
わかぎえふ　秘密の花園
若竹七海　サンタクロースのせいにしよう
若竹七海　スクランブル
和久峻三　あんみつ検事の捜査ファイル　夢の浮橋殺人事件
和久峻三　あんみつ検事の捜査ファイル　女検事の涙は乾く
和久峻三　あんみつ検事の捜査ファイル　桜月夜の殺人
和久峻三　あんみつ検事の捜査ファイル　三つ首荘殺人事件
和久峻三　あんみつ検事の捜査ファイル　白骨夫人の遺言書
和田誠・絵　超時間対談
渡辺一枝　時計のない保育園

渡辺一枝　桜を恋う人
渡辺一枝　眺めのいい部屋
渡辺一雄　崩壊の軌跡
渡辺淳一　白き狩人
渡辺淳一　優しさと哀しさと
渡辺淳一　野わけ
渡辺淳一　桐に赤い花が咲く
渡辺淳一　くれなゐ(上)
渡辺淳一　くれなゐ(下)
渡辺淳一　冬の花火
渡辺淳一　流氷への旅(上)
渡辺淳一　流氷への旅(下)
渡辺淳一　麗しき白骨
渡辺淳一　北国通信
渡辺淳一　女優(上)
渡辺淳一　女優(下)

渡辺淳一　ふたりの余白
渡辺淳一　化身(上)(下)
渡辺淳一　遠き落日(上)(下)
渡辺淳一　公園通りの午後
渡辺淳一　わたしの女神たち
渡辺淳一　花埋み
渡辺淳一　新釈・からだ事典
渡辺淳一　シネマティク恋愛論
渡辺淳一　うたかた(上)(下)
渡辺淳一　創作の現場から
渡辺淳一　夜に忍びこむもの
渡辺淳一　これを食べなきゃ
渡辺淳一　新釈・びょうき事典

＊

日本ペンクラブ編　幻想小説名作選
日本ペンクラブ編　純愛小説名作選

集英社文庫　目録（日本文学）

日本ペンクラブ編　情報小説名作選
日本ペンクラブ編　花柳小説名作選
日本ペンクラブ編　心中小説名作選
日本ペンクラブ編　捕物小説名作選
日本ペンクラブ編　私小説名作選
日本ペンクラブ編　経済小説名作選
日本ペンクラブ編　実験小説名作選
日本ペンクラブ編　幻覚のメロディ
日本ペンクラブ編　ロマンチックはお好き？
日本ペンクラブ編　人生の読本
日本ペンクラブ編　愛のかたち
日本ペンクラブ編　男の小道具飛び道具
日本ペンクラブ編　過去のある女
日本ペンクラブ編　十字路の残照
日本ペンクラブ編　一攫千金の夢
日本ペンクラブ編　何とも知れない未来に

日本ペンクラブ編　素敵な活字中毒者
日本ペンクラブ編　ことばよ花咲け
日本ペンクラブ編　映画の好きな君は素敵だ
日本ペンクラブ編　名探偵が八人
日本ペンクラブ編　書くに値する毎日　日記名作選
日本ペンクラブ編　恐怖特急
日本ペンクラブ編　いま危険な愛に目覚めて
日本ペンクラブ編　鉄道が好き
日本ペンクラブ編　勝負

＊

新版圓生古典落語1
新版圓生古典落語2
新版圓生古典落語3
新版圓生古典落語4
新版圓生古典落語5

＊

日本の女性史(1)　花かおる王朝のロマン
日本の女性史(2)　戦乱の嵐に生きる
日本の女性史(3)　封建女性の愛と哀しみ
日本の女性史(4)　自我にめざめた女性たち
常石茂・編　人物中国の歴史1
常石茂・編　人物中国の歴史2
司馬遼太郎編　人物中国の歴史3
司馬遼太郎編　人物中国の歴史4
駒田信二編　人物中国の歴史5
駒田信二編　人物中国の歴史6
陳舜臣・編　人物中国の歴史7
陳舜臣・編　人物中国の歴史8
尾崎秀樹・編　人物中国の歴史9
集英社文庫編集部編　日本国憲法
集英社文庫編集部編　「気」が癒す
集英社文庫編集部編　大失業時代

集英社文庫

R《アール》. P《ピー》. G《ジー》.

2001年8月25日 第1刷

著者 宮《みや》部《べ》みゆき
発行者 谷山尚義
発行所 株式会社 集英社
東京都千代田区一ツ橋2—5—10
〒101-8050
電話 03 (3230) 6095 (編集)
(3230) 6393 (販売)
(3230) 6080 (制作)
印刷 大日本印刷株式会社
製本 大日本印刷株式会社

造本には十分注意しておりますが、乱丁・落丁（本のページ順序の間違いや抜け落ち）の場合はお取り替え致します。購入された書店名を明記して小社制作部宛にお送り下さい。送料は小社負担でお取り替え致します。但し、古書店で購入したものについてはお取り替え出来ません。

Printed in Japan
ISBN4-08-747349-X C0193